U0679875

THE HIDDEN MACHINERY

小说运转的秘密

ESSAYS
ON
WRITING

[英] **玛戈特·利夫西** 著
Margot Livesey

李岱维 译

九 州 出 版 社
JIUZHOUPRESS

目　录

玛戈特：作家们的老师

过了而立之年之后，我愈加觉得，生命中有很多弥足珍贵的遇见，会彻底改变我的人生轨迹。玛戈特·利夫西，我在爱荷华作家工作坊的导师，教会了我一切与写作有关的事。

最好的写作老师教的首先不是写作，而是阅读。直到今天，我仍无法忘却玛戈特讲起《包法利夫人》时带给我的震动。我在国内念的是中文系，习惯了从文学批评的角度来看作品，玛戈特在第一节研讨课时就开了玩笑："我们都是不愿意去图书馆翻文学理论的人，所以才聚到了这里。"接着，她问出了一些我从没想过的问题，比如：所谓的包法利夫人其实有两位，在艾玛之前，有一位离世的包法利夫人，但是当我们读完书，这个第一任太太面目模糊，我们连她的名字都不记得。

为什么福楼拜要写她？玛戈特问我们。

她还举到了另一个例子，《呼啸山庄》里，叙事者洛克伍德先生刚来到山庄时做了两个梦，第二个梦，他才梦见了无法得到安息的女主角凯瑟琳，第一个梦，我们读完都不记得内容，所以，艾米莉·勃朗特为什么不直接写第二个梦呢？

这是批评家不会在乎的问题，但却是写作者最需要关心的问题，这关乎小说的合理性。举个通俗的例子，倘若我在小说里要写一位买彩票中了大奖的普通人，我不会写他第一次买彩票就中了头彩（虽然生活中这样的事情确实存在），我会写：他数十年来都过着不如意的生活，唯一带给他希望的时刻就是每周四晚吃完饭去街角买一张福利彩票，在回家的路上，他做了许多模糊而幸福的梦。然而，除了中过两次二十块钱，他颗粒无收。最后我再引到这个头彩。这样写，更符合现实生活的逻辑，也不会让读者从一开始就质疑小说的设定。

作家工作坊里另一位老师曾对我们说：我不在乎你们写的故事是不是基于真实的故事，但是你们要写到让我相信。

正是这样，通过玛戈特的点拨，我再阅读大师的作品时就宛如戴上了一副新的眼镜——世界一下子清晰了。就连重读安徒生的《卖火柴的小女孩》都能收获惊喜。后来我自己教课的时候问学生：为什么小姑娘擦亮火柴后看到的第一个幻想是烤鸭？学生都会说，因为她冷。是的，这是其中一个原因，但是让小说逻辑真正顺畅的是童话开头的这句铺垫："每个窗子里都透出灯光来，街上飘着一股烤鸭的香味，因为这是平安夜。"看似一笔带过，却已经为之后超越现实的那一幕做好了充足的准备。

所谓大师，就是笔下的每一处细节经得起检验和推敲的写作者。好的写作者，要学会检验和推敲这些细节。

说来别人或许不相信，我在爱荷华度过的最快乐的日子就是和玛戈特一起改小说。她不厌其烦地帮我一稿一稿看，任何细枝末节都逃不过她的眼睛。

在发表在《格尔尼卡》（*Guernica*）上的短篇《一个好人》（"A Very Good Man"）里，本来我写，在电视机坏掉的时候，父亲们会掰着两根天线，指向东，指向南，指向西，指向北，试试哪一个方向吉利。玛戈特建议把"东、南、西、北"，改成"学校、医院、工厂、河流"。这个改动太漂亮了。本来该小说的一大问题，就是这个 90 年代的中国场景在英语读者眼中太陌生，显得很模糊，玛戈特教会我寻找一切机会在语言层面营造切实的地域感。

这样的"魔法"手笔每次和玛戈特见面都会发生。再如我的另一篇刊发于《海湾》（*Gulf Coast*）的小说《媒人》（"The Matchmaker"），因为结局非常激烈，所以我必须给这个主人公搭好下到地狱的台阶。我改了好几次都觉得欠缺了"一口气"，在我的倒数第二稿，玛戈特在我最后添加的一件主人公的往事上划了个圈，在小说的前半部做了个记号："你把这件事插到前面来，故事就通了！"玛戈特在纸面上点了一点。

我一看，是真的！我原先结尾部分的插叙显得目的性太强，很不自然，但是，把它往前挪，不仅掩盖了目的性，还让中段一部分主人公妻子的神秘性格得到了某种隐晦的解释。

玛戈特每次的修改最终还是会引我回到阅读，那一周我们读到的一篇短篇，讲的是三位十多岁的少年在其中一人受了重伤之后，没有去医院，而是去了一家快餐厅，导致受伤的孩子伤重不治。玛戈特启发我说：作者肯定想引到这个"意外"的结局，但是要怎么才能让这个意外显得真实呢？小说中车窗玻璃被石头砸碎了，又是寒冬，所以他们越开越冷，最后是那个受伤的少年说，他要找个地方暖暖身子。

"很多时候，我们的小说需要的就是打破这面车窗玻璃。"她告诉我。

在这样的点点滴滴之中，她教给了我太多东西；作家能够进步，凭借的也就是这些点点滴滴。我很希望自己能把这一切都分享出来，却心有余而力不足。好在她这本谈写作的名作《小说运转的秘密》（*The Hidden Machinery*）推出了，这是一本英美亚马逊网上既叫好又叫座的写作宝典，也是让我纽约文学圈的朋友在读了之后对我嫉妒不已的书。而今，我很高兴，国内的读者也可以跟随玛戈特一起，上这一堂堂精彩纷呈的大师课。

钱佳楠

第一章

书写生活，创作小说

生命是怪诞的、无限的、不合逻辑的、突兀且尖锐的；相比之下，艺术是有序的、有限的、自洽的、理性的、流动且柔软的……"与生命一较高下"，生命的强光我们无法直视，生命的激情与灾难只能消磨残害我们。葡萄酒的醇香、黎明的美丽、火的灼热、死亡和分离的苦涩……与生命较量的挑战如同大力神赫拉克勒斯的斗争一般任务艰巨——身着礼服，拿着一支笔和一本字典……在这个意义上来说，没有艺术是真实的，没有人能"与生命一较高下"……

——罗伯特·路易斯·史蒂文森，

《一则谦卑的谏言》（"A Humble Remonstrance"）

I

　　在我伦敦家中的书架上陈列着我童年读过的书：罗伯特·路易斯·史蒂文森（Rober Louis Stevenson）的《诱拐》（*Kidnapped*）、肯尼斯·格雷厄姆（Kenneth Grahame）的《柳林风声》（*The Wind in the Willows*）、刘易斯·卡罗尔（Lewis Carroll）的《爱丽丝梦游仙境》（*Alice's Adventures in Wonderland*）、乔治·麦克唐纳（George MacDonald）的《公主与科蒂亚》（*The Princess and Curdie*），还有一本奇怪的书叫《雉鸡回击》（*The Pheasant Shoots Back*），由达克雷·巴尔斯登（Dacre Balsdon）所著。这本书有点类似于《动物庄园》（*Animal Farm*），描述了一群雉鸡如何智胜猎人，活过一个迁徙季节的故事。我的伯祖母珍觉得这本书是最适合我 5 岁生日的礼物。当然，我喜欢它天蓝色的封面和简单的线条，书本上的黑色字符对当时的我来说却是一个个谜团，但我不急于解开那些谜团。读书对我的吸引力远不如爬树、搭桥或探访邻居家养的猪那么重要。然而，在那个秋天，那些对我来说重要的事情发生了改变。我还记得藏在幼儿园角落的自己，我拒绝阅读。但是突然之间，文字就像突然冒了出来——从一面我盯着的墙上，开了一扇窗。透过窗户，我看到一个满是动物的农家庭院。我从那个角落里走了出来，阅读了《坏小妞珀西》（*Percy the Bad Chick*）。书里有一个和我一样个子矮小、调皮捣蛋、没有朋友的女孩。通过阅读，我见证了珀西是如何战胜那些动物和农夫的马多宾的。从那时起，我开始拥抱书籍，我发现了小说，虽然"小说"这个词对我很陌生。

你长大以后想成为什么样的人？我周围的大人们总是这样问我。

我想说：我不想成为你那样的人。但我是一个有教养的孩子，于是我说：成为一名修女、一名兽医、一名探险家，成为玛丽·居里（Marie Curie）——每种职业都来自我读过的书。后来，我才慢慢意识到，我想成为的不是封面上的那个人，而是书后的作者。读大学时，我停下了寻找新鲜元素的脚步，开始研习文学和哲学，主要是文学。我们的课程从《高文爵士与绿衣骑士》（*Sir Gawain and the Green Knight*）和杰弗里·乔叟（Geoffrey Chaucer）开始，然后曲折向前，直到我们学到了弗吉尼亚·伍尔夫（Virginia Woolf），那时她还不是一名很有名气的作家。再后来，我们的课程突然停了下来，有传言说一位教员正在私下研究一位在世的作家——澳大利亚小说家帕特里克·怀特（Patrick White），但在公开场合，他主讲的课程涉及更安全的已故作家的领域：艾略特（Eliot）、庞德（Pound）和乔伊斯（Joyce）。无论如何，我的眼界渐渐开阔起来，我知道了索尔·贝娄（Saul Bellow）、玛格丽特·德拉布尔（Margaret

Drabble)、多丽丝·莱辛(Doris Lessing)、索尔仁尼琴(Solzhenitsyn),他们在生活、呼吸,并以当代生活为素材创作小说。当然,在我的同学中,也有几个人自称在写诗,但这不足以证明他们有作品。

大学毕业后第二年,我和当时的男朋友一起去欧洲和北非旅行。他那时正忙于写一本关于科学哲学的书。几周后,我厌倦了独自探索大教堂和市场,也开始动笔。虽然我的学识还不足以完成一部十字军东征史,也不足以编写一部勃朗特家族的传记,但有着16年阅读经验的我,觉得自己完全有资格写一部小说。毕竟,这是我喜欢的作家们都必须经历的训练。"满怀激情地阅读优秀作家的作品,克制自己,不要阅读糟糕的作品。"这是罗伯特·路易斯·史蒂文森对年轻作家的建议。

我在那年的10月开始写《地牢》(The Oubliette)。(书名不经意地带有一点讽刺的意味,"地牢"指的是某个时期的法国监狱,那时的犯人被关押在那里直到被遗忘。)在露营地和廉价旅馆里,我每天写上好几个小时,竭力模仿特罗洛普(Trollope)创作。我用铅笔在活页笔记本上写作,时不时地擦掉又重写。我写满了一个笔记本,又开始写另一个,然后再次写满,我的小说渐渐丰富起来。到了次年6月,我有了一份草稿,所有构建小说的素材和400页人物架构。在我写作时,我会尽全力遵循史蒂文森的建议。我读了理查德·布劳提根

（Richard Brautigan）和伊丽莎白·鲍恩（Elizabeth Bowen），还读了马尔科姆·劳瑞（Makolm Lowry）和埃德娜·奥布赖恩（Edna O' Brien）、亨利·詹姆斯（Henry James）和拉尔夫·埃里森（Ralph Ellison）的书，还有《源氏物语》（*The Tale of Genji*）和许多俄国作家的书，在那一年我收获了阅读的喜悦。之后，在22岁生日来临之前，我在罗马尼亚的一个露营地里又读了一些二流的小说。

从读《坏小妞珀西》开始，我沉迷于书的世界。打开《远大前程》（*Great Expectations*）时，我看不到句子和段落，只感觉自己和匹普，还有可怕的罪犯一同处在沼泽之中。但是，回到《地牢》的创作，我又被困在了坚硬的现实之地。我又一次面对着一堵墙，不能透过窗户看世界。我对自己说，这种沉闷对作者来说是一种重负：语言能向他人传达信息，却对它的创作者三缄其口。

在旅行的那一年里，我听从史蒂文森的建议，阅读了很多大学课程之外的书，其中包括亨利·詹姆斯和 E. M. 福斯特（Edward Morgan Forster）。在我们离开英国之前，我买了一本《一位女士的画像》（*The Portrait of a Lady*）。

福斯特当时正受到读者们的欢迎。在青年旅社和书店里，二手的《霍华德庄园》（*Howards End*）和《看得见风景的房间》（*A Room with a View*）随处可见。这些小说与我在苏格兰的童年生活产生了共鸣，因为我的童年时期也充满了漠视和黑暗的背叛。詹姆斯和福斯特是那么深刻地意识到尴尬是一种重要的情绪，而我们都受到他人的意见、阶级和金钱，还有种族的支配。当然，当我游走在阿尔罕布拉的花园，徘徊于丹吉尔城的卡斯巴城堡中时，我相信自己已经成功逃离了世俗的观念。回望那个被抛诸脑后的世界是多么的快乐！"只有一点点联系吧。"我暗暗说道。

福斯特的作品令我着迷，但他那些诙谐文雅的小说又能对我的创作有什么帮助呢？不幸的是，并没有什么帮助。我对福斯特是如何创作出那些天衣无缝、严肃认真的作品一无所知，毫无头绪。这种想要拆解和验证一部小说创作的过程——视角如何呈现、如何实现过渡——对我来说仍然是完全陌生的。我曾尝试把《霍华德庄园》的几章拆开来看，但还是感到困惑不已。福斯特的思想是如此渊博，他的观点是如此巧妙，他的构思是如此玄奥。作者的声音仿佛穿透一切、洞察一切，回荡在书本上空。他掌控了整体，掌握了每一个节拍、每一个标点符号。

我花了好几年的时间才弄明白，《地牢》在很多方面都很糟糕，其糟糕之处甚至无法一一列举。它既牵强又无聊；小说中的人物说起话来就像老式英国电影中的纳粹分子，出奇地生硬；叙述部分读起来更像是旅游指南——不过话说回来，这部分内容的确来自旅游指南。我的语言缺乏节奏感；我不清楚章节和单元应该是什么样或可以成为什么样；不了解环境的重要性；也许最奇怪的是，我对悬念——这种小说，尤其长篇小说的关键因素，没有什么概念。詹姆斯说女主人公伊莎贝尔·阿切尔仿佛坐在一辆马车里。作为一名读者，我有过很多愉快的乘车经历，到过很多奇妙的地方，但我完全不知道这些车是如何制造的，车的轮子如何转动。我完全没有受到多年狂热阅读的影响。

这怎么可能呢？哈罗德·布鲁姆（Harold Bloom）的"影响的焦虑"一词已深入我们的文化，以至于人们认为想要减弱其他艺术家的影响是多么困难。要是我能读懂《米德尔马契》（*Middlemarch*）就能把小说写得有它一半好，我就心满意足了。当我在《牛津英语词典》中查找"影响"（influence）一词时，我惊奇地发现，第一个解释竟然是"流入，涌入的动作"；第二个解释是"一种微妙的流质的流动，或来自其他恒星散发的神秘力量"。第四个才是我们最常见的意思："名词，行动的施加，或通过间接的方式，因人或事物导致另一人或事物的行为或条件发生变化和发展。"我喜欢这个定义，它强调影响的潜移默化，趁我们不注意的时候，改变我们。但对于实践中的艺术家来说，这种影响需要更积极地参与其中。我们必须在影响之下写作，而不仅仅是等待。

和我发现的《地牢》中的所有问题相比，最糟糕的是我意识到：无关主旨，这是一种致命的错误。我知道写小说需要持续很长一段时间，所以我尽职尽责地倾尽大量的时间描写细节。我描写了吐司、树木、鸟儿和窗帘。我想，这就是现实主义的意义所在吧。撇开这种误解不谈，经过几个月的工作，我已经无法解释这些素材真正吸引我的是什么，我又怎么能理解主旨这个极其复杂的问题呢？我在这里引用 W. H. 奥登（W. H. Auden）给一位年轻诗人的简单建议：写你最感兴趣的东西。我突然发现，我的确想写一本小说，但不一定是这本。

在过去几十年中，我一直在与年轻作家打交道并向他们学习。有时，因为我们从小就开始阅读和写作，就理所当然地认为写作是一种生活的能力，而非需要打磨的艺术技艺，我们往往觉得自己能成为小说家，高估自己。"噢，是的，我正打算写一本小说。"在飞机和火车上，我的乘客同伴们总是告诉我。一看到塞雷娜·威廉姆斯（Serena Williams）就想打网球，或者一看到马友友（Yo-Yo Ma）就想拉大提琴，观众和表演者之间能够轻松转换的想法是荒谬的。没有人能想象，人们只要听了音乐，就能在卡内基音乐厅演奏，或者只要看了温布尔登网球公开赛，就能晋级戴维斯杯网球公开赛。

我尽一切所能地修改了《地牢》，并找到了一个图书代理。代理把它寄了出去，许多编辑又把它寄了回来。我开始害怕"宁静""漂亮""有前途"这些字眼。与此同时，我又打算开始写些故事。作为一名作家，我仍然不知道要学多少东西才算够，但我知道自己不想在几百页纸上不断犯错。顺便说一句，一年的旅行结束了，我发现在多伦多的服务员轮班工作更适合我写小说。早上，在给忙碌的上班族提供午餐之前，我写了一篇；下午，在令人羡慕的晚餐人群出现之前，我又写了一篇。我继续一刻不停地读书，但我离小说家弗朗辛·普罗斯（Francine Prose）所说的"像作家一样阅读"还有很长一段路要走（距离把自己当成作家也还有更长的路要走）。

虽然我为自己未能受作家们的"影响"而苦恼，但和许多年轻艺术家一样，我更关心的是原创，而不是写作技巧。我写了一篇名为《防卫史》（*A History of Defenestration*）的故事，讲的是一群人被扔出窗外的故事。然后还写了一篇《一个由马克斯·恩斯特解说的故事》（*A Story to Be Illustrated by Max Ernst*），灵感源于我在一家艺术画廊里短暂的清洁工作的经历。

爱尔兰小说家布莱恩·摩尔（Brian Moore）在多伦多大学做驻校作家的一个学期里，我成长如蜗牛般缓慢的写作道路终于迎来了第一个转折点。我去见摩尔先生，负责预约的秘书没有质疑我的资历——我穿着女招待的黑裙子和白衬衫，紧张地抓着自己的小说。摩尔先生接下来的举动有些不可思议，他从粗呢夹克的胸前口袋里掏出一支钢笔，然后大声地朗读我的故事，模仿所有的人和动物说话——我所写的那个故事发生在我童年时代的苏格兰乡村。

"现在她还会这么说吗?"他思考着,"还是应该对小马多一点关注,比如想想它们会发出怎样的嘶鸣声?"他在页边空白处草草写了个注释。

他认真地评论注释了我的书稿,回到家,我又重新投入故事创作中。我一连6个星期都去找他请教,每次他都大声朗读,任何细节都逃不过他的眼睛。他向我展示了什么是真正的语言——自从我和《坏小妞珀西》斗争以来,我就已经不再孤立地看待语言了,但摩尔先生告诉我好的语言会对创造它的人开口说话;还有,其实我们能意识到自身的平庸,即使我们假装不承认。现在,在从事教学工作很多年后,我钦佩摩尔先生的善良和敏锐,他总能解答我的疑问。

我询问客人想要什么样的牛排,是否喜欢甜点,然后我继续写作。在我30岁的时候,我不认识其他写小说的人,甚至不认识想写小说的人,但是我的小说却悄悄地出版了。我出版了一本作品集,生活发生了转变,从女招待一跃成了一名教师,这个过程很具有美国特色。一天,我在一家英国报纸上读到一位女士的求助信,她在信中讲了她女儿的事。9岁的路易丝用她的暴脾气和控制欲统治着整个家庭。如果椅子移动了一英寸,如果她的父亲下班回家晚了5分钟,她就警告说假期谁也别想好好过。她的两个哥哥,都不敢越过她获得任何惩罚或奖励。我记得那封信令人心碎的结尾:女人的丈夫准备离开她，她的儿子们也变得越来越冷漠。

"如果我的丈夫像这样，"她写道，"我还可以和他离婚，但我怎么可能离开我的女儿呢？"

这封信在很多方面引起了我的共鸣。作为一个品行端正的孩子，我目睹了父亲每一次对继母的示好。在 20 岁出头的时候，我自己也成了一名不知所措的继母，挣扎着平衡一切。所以，我对浪漫的爱情和家庭之间的冲突非常感兴趣。在后来的几个月的时间里，我试着把我内心的"路易丝"写下来，写了 20 页，最多 25 页。最后，我不得不勉强接受这样一个事实：如果想体现叙述者心理轨迹的变化，需要写一篇完整的小说。

我的大多数学生都在写短篇小说，我一直都阅读短篇小说，教如何写短篇小说，提出修改短篇小说的建议。在我的小说《家庭作业》（*Homework*）出版时，第一篇编辑评论写着：这是一本描写小说家的故事——我一点也不意外。我想说的是：亲爱的读者，合上书吧。我多年的短篇小说创作经验教会了我很多关于人物、场景和句子的知识，但却没有教会我如何控制小说悬疑线的平衡。尽管我渴望受到名作的影响，尽管我经历了很多快乐的阅读时光，但我仍然在寻找我钟爱的小说中的隐藏之器。

II

阿德拉·奎斯特德[1]比伊莎贝尔·阿切尔[2]晚46年在书店问世，这两位主角几乎在所有方面都是对立的，她们生活在两部截然相反的小说里。对于阿切尔，亨利·詹姆斯的提示非常明显，在书名（《一位女士的画像》）还有开篇的描述中——三个男人：杜歇先生和他的儿子拉尔夫·杜歇，还有他们的朋友沃伯顿勋爵在英国乡村别墅的草坪上喝着下午茶，等待着一位年轻的美国少女的到来。当伊莎贝尔·阿切尔走上那片泛着金色阳光草坪的台阶时，詹姆斯告诉我们，所有人都会欣赏并爱上她——除了她的丈夫。詹姆斯也爱上了伊莎贝尔，他赞同伊莎贝尔的想法，认为她在某种程度上非常特别，这一整部小说都是为了展示她的与众不同。当然他也一直在问，为什么他的目光离不开如此天资一般、成就平平的年轻女性？其实我们也不知道。

而经过长途跋涉的阿德拉·奎斯特德抵达印度时，没有人为她铺上红地毯，也没有人急切地期盼着她到来，包括她的未婚夫罗尼。可怜的阿德拉。从《印度之行》（*A Passage to India*）的第三章，阿德拉被描述为"古怪且谨慎的姑娘"那一刻起，她就受到福斯特最为严厉的审视：她相貌平平，

---

[1]　阿德拉·奎斯特德是 E.M. 福斯特的小说《印度之行》的女主人公。——编注
[2]　伊莎贝尔·阿切尔是亨利·詹姆斯的小说《一位女士的画像》的主人公。——编注

饱受困扰，她渴望善良，渴望了解印度，努力避免种族主义，最终却导致了混乱，甚至更糟的情况。在许多关于她外貌的负面评论中，我们能感受到福斯特对女人复杂的情感。阿齐兹在被指控调戏阿德拉时十分愤怒，主要是因为她长得很丑。

尽管这两部小说在形式和内容上有许多不同，但小说作者之间却有显而易见的共通之处。詹姆斯是为福斯特指明道路的前辈，他不仅具有敏锐的心理洞察力，还擅长细致地描绘旅行。他笔下的美国人前往了欧洲，而福斯特笔下的英国男女去了意大利或印度。两人都懂得在小说中描写人物离开故土的可能性，以及用新环境揭示文化、阶级问题以及主人公的精神生活。两人在描写性行为时都朦胧且含蓄。

初看，詹姆斯的作品似乎比福斯特的更直接，就像他的创作历程一样。1876 年，也就是《罗德里克·赫德森》（*Roderick Hudson*）问世的第二年，詹姆斯搬到了伦敦生活。在紧接着的几年里，他在笔记和信件中都提到了他的新作。他的兄长威廉·詹姆斯（William James）曾表示《欧洲人》（*The Europeans*）比较薄，亨利给兄长回信说："对此我并不沮丧，虽然我也想把书写得更丰满。"在给母亲的一封信中，他把这部新小说看作是前作的超越。但首先，他必须喘息片刻。《黛西·米勒》（*Daisy Miller*）取得了成功，《欧洲人》《华盛顿广场》（*Washington Square*）和《信心》

（ *Confidence* ）三部更短的作品的写作与出版也十分迅速。这种创作力使他有资格去谈一谈所谓的喘息。与此同时，他的新作在美国《大西洋月刊》（ *Atlantic* ）和英国《麦克米伦》（ *MacMillan's* ）上刊登连载，最初承诺每月登 6 至 8 卷，最后一共制成了 14 卷。从 1880 年春开始创作，第一卷在当年的秋天出版了。

从书名《一位女士的画像》开始，詹姆斯就一直在提问：伊莎贝尔·阿切尔会怎么做？她最终会怎么样？这种悬念贯穿小说的始终。在这长长的悬念里，他又提出了许多更小的悬念，就像高架桥的桥墩一样，把我们带进一个又一个章节：究竟杜歇特夫人的朋友梅尔夫人是谁？亨利艾塔·斯塔克波尔会疏远所有人吗？吉尔伯特·奥斯蒙德的女儿帕茜会嫁给心上人吗？伊莎贝尔会发现拉尔夫对她的遗产负责吗？她的美国追求者卡斯帕·古德伍德是否会就此放弃？一个问题得到了回答，另一个问题就会出现，指引我们向前，再向前。

詹姆斯非常清楚地知道，自己有必要获得所谓的"作家赖以生存的资本"：读者的注意力。在《一位女士的画像》修订版的前言中，他回顾了近 30 年的想法，对小说缺少故事情节的危险性进行了反思，并声称他已经为娱乐读者尽了一切可能的努力。但这并不是说开头几章就这样吸引了《大西洋月刊》的编辑威廉·迪恩·豪威尔斯（ W. D. Howells ）。

在小说的前几节刊登之后，豪威尔斯曾写信抱怨詹姆斯过度分析伊莎贝尔，亨丽艾塔的情节也太多了。詹姆斯的妹妹爱丽丝，继承了家族中那严厉批评的传统，甚至批评得更彻底，她质疑伊莎贝尔是否会和亨丽艾塔这样的人交朋友。詹姆斯同意豪威尔斯的观点，但反驳了爱丽丝。在序言中他写道："小说家在陷入困境都知道这样一个真理：在任何作品中，某些要素是基本，其他要素只是形式而已。"他接着说，有些角色会直奔主题，但有些只会对主题产生间接影响。亨丽艾塔就是后者。詹姆斯首先把她比作了马车——主题——的一个轮子，因为轮子的存在，男女主人公才能安坐于马车之上。然后，他稍微改变了一下比喻，说亨丽艾塔可能会一直在马车之侧奔跑，以实现她所有的价值。她会一直依附于马车直到生命的尽头，但从未登上马车之座。詹姆斯一再提醒我们，伊莎贝尔是莎士比亚式的女主角：很了不起，但有一个致命的缺陷。虽然马车可能会在书的开篇磨磨蹭蹭，不时停车换马或欣赏路边的风景，但一旦伊莎贝尔抵达意大利，与奥斯蒙德相遇，这驾承载主题的马车就会横冲直撞，义无反顾奔向四十二章那令人战栗的时刻——当伊莎贝尔坐在即将熄灭的火堆旁时，她终于明白了，因梅尔夫人的阴谋和自己的虚荣心，她被引诱嫁给了一个不爱她，且切切实实恨她的男人。

詹姆斯的小说写得令人羡慕地顺畅，大部分都是他住在意大利旅馆时写的。在书的前几章，他对伊莎贝尔非常挑剔，不断地描写、阐述她，这样的好处是，在后面的部分他可以心无旁骛，直奔自己感兴趣的东西。比如说，他并没有向我们展示奥斯蒙德向伊莎贝尔求婚和婚礼的场景。正是如此，我们看到他如何把传记体小说推向了新的高度和深度。

詹姆斯对时间线的处理，也显示他已经抛弃了《摩尔·弗兰德斯》（*Moll Flanders*）和《大卫·科波菲尔》（*David Copperfield*）式的写作传统。我们对伊莎贝尔的童年知之甚少，对她与卡斯帕·古德伍德最后一次谈话后发生的事也一无所知。詹姆斯的注意力完全集中在伊莎贝尔的精神之旅上。早在10年之前，他就在《米德尔马契》的书评中，把多萝西亚描述为一个注定要过上更高尚道德生活的年轻女子。伊莎贝尔也是如此，同多萝西亚一样，她用错误的方法去实现这种高尚。吉尔伯特·奥斯蒙德就是她的爱德华·卡索邦[1]。

詹姆斯对他的精心构造之物，马车中的女主人公，熟悉到了了如指掌的地步，为了描写她他全情投入。他对《米德尔马契》中两个主角之间的转换方式颇有微词，尽管他赞赏利德盖特是女性创造的最好的男性角色之一，但他抱怨乔治·艾略特（George Eliot）对多奥西亚的关注不够；詹姆斯想让多奥西亚一直待在马车里。此外，詹姆斯还抱怨说，卡

[1] 爱德华·卡索邦，《米德尔马契》中的人物，多萝西娅的丈夫。——编注

索邦死后，女主角的问题就是她是否会嫁给威尔·拉迪斯劳——这也太不足一提了。

对《印度之行》他肯定也会持保留意见，或许与莱昂内尔·特里林（Lionel Trilling）在其著名书评中的看法相呼应——特里林写道："人物在事件中，事件却与人物无关：我们渴望看到一个比菲尔丁更高大的英国人，一个比阿齐兹更重要的印度人。"他总结道：福斯特正在写一部不同寻常的政治小说，"人物众多，情节丰富，但人物在整个故事里不够重要，而这才是故事的重点"。

如果我没理解错的话，特里林所批评的，正是《印度之行》在一些读者心中的优点：福斯特决定不要所谓的男女主角。阿德拉做出了英勇的抉择，在最后一刻，法庭上她收回了对阿齐兹的指控，这样做使她在英国社会中成了一个被遗弃者。她没有被设定成典型的女主人公，没有人坐上福斯特的马车，当车轮倾斜时，所有角色却都紧紧地抓住了它。

缺少一个富有同理心的主角，使小说在短线和长线的悬念中产生了一个更微妙的平衡点。这种微妙需要福斯特的读者，那些已经了解印度爱情故事（早期的宝莱坞爱情故事）套路的读者更加敏锐。我必须承认，在我第一次读《印度之行》的时候，我不知道什么是"大问题"，即不了解贯穿故事的悬念，但是我很高兴地从一个小问题读到下一个小问题。这场让印度人和英国人走到一起的社交派对会成功吗？

阿德拉会接受罗尼的求婚吗？阿齐兹和菲尔丁会成为朋友吗？阿德拉会放弃吗？当最后一层面纱终于落下，在大获全胜的第三部分"圣殿"里，福斯特终于给大家露了一手。我禁不住击节赞赏，满心愉悦。当然，自从那个月光皎洁的夜晚，阿齐兹和摩尔夫人在清真寺相遇起，故事便逐渐如此发展了，但我仍遵照詹姆斯的传统往下阅读，想找到坐在马车的人，最后却以失败告终。

在我的小说《家庭作业》的早期草稿中，我确实在马车里安置了一个主角，即叙述者，我也确实设置了一长串的悬念：她会赢得与继女之间的战斗吗？不过，正如在决定性的那一章结尾所展现的那样，我不知道如何处理较短的悬念，不知道如何说服角色和读者从这一章走到下一章。从其他方面来看，《家庭作业》也是一种练笔。尽管我已经尽力把背景设置在我喜欢的城市——爱丁堡，也把人物设定在了我熟悉的职业，但我还是没有掌握小说里那些重要的"素材"：不知道如何让人物在特定的环境生活，并使他们生动、可信。在短篇故事中，你可以用一两句话来概述一个人物的工作或房子，但在大多数小说中，细致地安排、描写人物的职业和生活环境则非常重要，尤其是故事情节涉及家庭和人际关系时。

对詹姆斯来说，即便在创作的最佳状态，也缺少相关的素材。把亨丽艾塔的职业设为记者，显示出了詹姆斯想要填补素材空白的决心，但他又忍不住让其他角色嘲弄她。詹姆斯本人对赚钱十分在意，对合同和版税也很挑剔，但他的角色却不。而和福斯特一样，詹姆斯也喜欢以房子作为故事背景。

我在修改《家庭作业》时，所做的大部分工作是学习如何把小的悬念串联起来，如何更好地利用小说的素材。我还必须提醒自己，我的两位优秀编辑（一位在纽约，一位在多伦多）不可能做到万无一失。这个时候，我经常放下正在读的史蒂文森，转而读很多当代小说。我发现有许多不太完美的作品也被出版了，我提醒自己，所有这些书也都有编辑。在听从了编辑的建议之后，我也牢牢记住了布莱恩·摩尔教我的一课：我是作者，我的每一句话都很重要。一个多余的短语、一个不合适的形容词或笨拙的副词，都可能会破坏原本具有说服力的段落。如果我的角色在做饭或做爱时感到无聊，那么我的读者也会感到无聊。

III

詹姆斯和福斯特都擅长描写人物，拥有利用背景来揭示人物性格的天赋，他们还有另一种写作上的优势：都是环境中敏锐的观察者，都知道如何将观察到的内容转化为艺术。从詹姆斯的笔记中，我们可以一遍又一遍地发现他在小说中是如何捕捉和改造原始素材的：姿势、眼神、隐秘的虚荣心和小小的错误。正如里昂·艾德尔（Leon Edel）所言，晚宴是他的实验室。福斯特也有同样敏锐的天赋，我们能感受到他知道自己在写作中需要什么。1912 年，福斯特在第一次拜访印度时领扣掉了。10 年后，在小说中，阿齐兹把领扣借给了菲尔丁。矛盾的是，我必须学习，从阅读中读懂这个世界。能使隐藏之器发挥作用的关键，在于作者对生动细节的把握。

福斯特与印度的渊源始于 1906 年，当时他受邀去辅导邻居的养子，他的邻居刚从德里回来。当时福斯特 27 岁，和母亲住在郊区，生活的方方面面都使他感到窒息，他的生活充满了不确定性。而邻居的养子，17 岁的赛义德·罗斯·马苏德有着高高的个子，精力充沛，充满自信。

他们俩很快就成了朋友，这段友谊一直持续到了马苏德从牛津大学毕业回到印度。1910 年，《霍华德庄园》出版后，福斯特把版税收入用作旅行资费，拜访了印度的马苏德和其他朋友。在旅程中，他见到了印度的穆斯林教徒和印度教教徒，还有各式各样的英国官员。福斯特开始相信，帝国主义无法避免野蛮和腐败——这在几年后的阿姆利则惨案（Massacre of Amritsar）[1] 中得体现得淋漓尽致。回到英国

---

[1]　阿姆利则惨案，1919 年 4 月 13 日发生在印度北部城市阿姆利则的札连瓦拉园，英国人指挥的军队向印度人民开枪的屠杀事件。——编注

后，他开始写《印度之行》，努力写了八章，然后放在一边，紧接着，他开始写他唯一一部公开出版的同性恋小说《莫里斯》（*Maurice*）。但在第一次世界大战时，他的创作也枯竭了。1914 年 12 月 31 日，他在日记中宣布："再也不写小说了。"《莫里斯》也被搁置了。

战争期间，福斯特在埃及度过了大部分时光，他在亚历山大港为红十字会工作。那些年，他创作了大量小册子和批评作品，但没有写小说。1921 年，他回到印度，为印度大君可奇·绕三世（Tukoji Rao III）担任了 6 个月的秘书。他希望第二次拜访印度能使他的小说起死回生，但他发现印度的宫廷一片混乱，阿姆利则大屠杀后的印度发生了巨大变化。他的朋友马尔科姆·达林（Malcolm Darling）向他描述了1919 年那天发生的可怕事件，英国人打死、打伤了一千多名手无寸铁的印度人。疑云笼罩印度，任何涉嫌恐怖主义的人都可能被逮捕，不需要经过审判就能被判处无期徒刑。福斯特的小说并没有焕发生机。他写道："一旦文字面对它们所要刻画的国家，似乎就开始畏缩，死亡，而我对它们无能为力。"

回到英国后，在伦纳德·伍尔夫（Leonard Woolf）的敦促下，他又回到了那些没写完的书页上。1913 年，他抛弃了一个之前故事中非常明确的情节——阿齐兹确实在山洞里侵犯了阿德拉，并接受了审判。取而代之的是，福斯特拒绝了全知者的叙述，用更令人眩晕的手法成就了杰作。[1]《印度之行》的第一章没有涉及任何人物，而是讲述了支配整部小说的背景：马拉巴山洞、昌德拉普尔城、河流和天空。第二章介绍了阿齐兹与朋友们争论印度人和英国人交朋友的可能性——这是福斯特自从遇见马苏德以来一直在问自己的问题。之后，阿齐兹受到白人上司的冷落，他站在清真寺门口，遇到了同情自己的摩尔夫人。从这开始，福斯特就像詹姆斯一样，让自己的隐藏之器运作了起来。他笔下的人物不像伊莎贝尔·阿切尔那样对自主权抱有幻想，他们知道自己被更强大的力量所操控，而正是他们对这些力量的回应，决定了他们的命运。在 1924 年 1 月 21 日这一天，福斯特宣布小说完成。没有经历什么特别的阻碍，这本书于当年 6 月初出版，成为他在评论上和商业上最大的成功。

我们阅读《印度之行》时，对书中那段不堪的往事毫无头绪。它的创作时断时续，福斯特自始至终都被不确定性所折磨，尤其是在描写马拉巴山洞场景时。将这一场景的最终版本与早期草稿的许多版本进行比较很有启发性。在 1913 年的版本中，他写道："她（阿德拉）伸出手胡乱一击，他顺势抓住她的另一只手，把她顶在墙上，然后他把她的两只

---

[1] 印度人阿齐兹是否在山洞中侵犯了白人阿德拉，是《印度之行》的重要情节，在最终的版本中，福斯特给出了开放式的结局，让读者自己去想象山洞中是否发生了不可容忍的侵犯，还是一切只是阿德拉的谎言，或过分防备所产生的幻觉。——编注

手握在一起，用空出的手摸了摸她的乳房。"摩尔夫人！"她喊道，"罗尼——快阻止他，快救救我。"近 10 年以后，福斯特再次安排这次山洞之旅时处理得更巧妙，他渐次地把阿德拉和阿齐兹与同伴们分开：先是菲尔丁和戈德博尔（在祷告）没赶上火车，然后是摩尔夫人病倒了。当阿德拉和阿齐兹在一名向导的陪同下走进洞穴时，阿德拉想到了她即将迎来的婚姻，"便以诚实、体面、好奇的方式"问阿齐兹有多少个妻子。

"一个，在特殊情况下也只有一个"，阿齐兹结结巴巴地说。他既沮丧又生气，一头扎进了其中的一个山洞。阿德拉"完全没有意识到自己说错了话，也没有发现阿齐兹去了哪儿"，她也走进了其中一个山洞。这一章到此结束。我们永远也不知道之后在阿德拉身上发生了什么。后来，作者本人也总是声称他不清楚发生了什么。

福斯特孕育小说的 10 年，不仅是政治动荡的 10 年，也是他个人生活发生巨大变化的 10 年。在亚历山大港期间，他和诗人康斯坦丁诺斯·卡瓦菲斯（C. P. Cavafy）成了朋友。与福斯特不同，卡瓦菲斯公开承认了自己的同性恋身份。卡瓦菲斯以身作则，帮助这位腼腆的英国人鼓起了新的勇气。1916 年 10 月 7 日，福斯特在给朋友佛罗伦萨·伯杰（Florence Berger）的信中写道："昨天是我人生中第一次与过去体面地告别。"他当时 38 岁。不久之后，他与年轻的埃及火车售票员穆罕默德·艾尔·阿德尔（Mohammed el Adl）产生了深厚的感情。

在福斯特的勇气之下，我们不可避免地推测，这最后一道屏障的推倒和后续情感关系的发展，促成了他对山洞里场景的重写和对身体细节的剥离。阿德拉的山洞之旅和她之后对阿齐兹的指控是这本书的中心，但却称不上是高潮。小说的第三部分"圣殿"发生在两年后，它向我们展示了福斯特追求的是一种更宏大、更难以言喻的东西，而不是阿德拉的小题大做，甚至不是一个印度人和一个英国人能否成为朋友这一尖锐的问题。

"我问你，"菲尔丁对戈德博尔说，"他（阿齐兹）是否干过那事？那是真的吗？"

戈德博尔回答说：

"我听说在马拉巴山洞发生了一件罪恶的事，一位德高望重的英国女士因为此事现在病重。我对此的回答是：是阿齐兹造成的。"他停了下来，噘起了嘴，消瘦的脸颊凹陷。"这是向导造成的。"他又停了下来说道，"这是你造成的，也是我造成的。"他拘谨地看着自己外套的袖子。"这是我的学生造成的，甚至是那位女士自己造成的。当罪恶发生时，它代表了很多可能，好事发生时也一样。"

福斯特和詹姆斯一样，也在追寻古老的道德问题。在《一位女士的画像》的结尾，当伊莎贝尔终于了解了梅尔夫人的真实面目，她想知道自己是否遇到了以前只在《圣经》中才读到的东西：邪恶。

IV

我相信这很清楚，我将用"隐藏之器"指代小说创作中的两个层面。一是如何利用文本中的人物、情节、意象这些元素共同打造作品；二是如何利用作者神秘的精神生活以及他（她）们所经历的重大事件形塑文本。对于第二个层面，詹姆斯一定会加以否定，而福斯特会勉为其难地认可。福斯特在 1925 年发表的一篇文章《匿名：一项调查》（*Anonymity: An Inquiry*）中写道：

> 作者的个性尤为重要，特别是当我们阅读完著作并着手开始研究的时候。当创意的魔力消失，当神树的叶子静默，当作者和读者的伙伴关系结束，一本书的本质也随之改变。我们可以向自己提问，比如说"作者叫什么名字？他住在哪？他结婚了吗？他最喜欢的花是什么？……"研究只是八卦的一种严肃形式而已。

1913 年，当福斯特为《印度之行》起草开篇章节时，他本可以更进一步，创作一部有关英国人在印度的小说，一部深肤色版的《看得见风景的房间》。毕竟，他不费吹灰之力就写了四本小说。在福斯特意识到长途汽车将开往何方，谁将乘坐马车之前，他的确需要去经历一些事，目睹一场战争、一场屠杀，探索自己性取向——认识到自己同样也会被白人在印度的权力所腐化。想要创作出一部能同时展现生活光怪陆离和艺术纯粹性的小说，内在和外在的事件都是他必须经历的。

詹姆斯则似乎为我们提供了一个更单纯的案例，他很大程度上忽略了时事和精神世界的纷扰，更倾向于展现艺术的有限合理性。事实上，福斯特在《小说面面观》（*Aspects of the Novel*）中指出，1903 年詹姆斯的《使节》（*The Ambassadors*）一书就是过度依赖艺术形式的典型，如文中的"美好已经到来，却披着暴虐的伪装"一句。而《一位女士的画像》则挣脱了形式的桎梏，詹姆斯对主要素材进行了生动的描绘。

詹姆斯的表妹敏妮·坦普尔（Minny Temple），一位拥有好奇心和灿烂笑容，却于 24 岁早逝的女士，通常被视作小说主角伊莎贝尔·阿切尔的灵感来源。但毫无疑问的是，詹姆斯自己的野心也在很大程度上推动了她笔下女主人公的英勇旅程——他相信自己同样卓越非凡，相信自己也拥有更宏大的精神生活。对他而言，通向这扇非凡之门的渠道就是艺术；对于伊莎贝尔而言，则是她的创造者永远无法打开的东西：异性恋婚姻的大门。

虽然《一位女士的画像》的写作方式更容易理解——詹姆斯让他的女主人公接二连三地失策，又接二连三地醒悟，但他写得太过微妙与激烈了，以至于我们只有非常投入才能产生共鸣。但正如他对多萝西亚的评价一样，展现一个人物的灵魂并非易事。与伊莎贝尔·阿切尔相比，黛西·米勒和《华盛顿广场》中的凯瑟琳·斯洛普这两个角色虽然令人动容，但更有局限性一些。伊莎贝尔·阿切尔则野心勃勃，智慧超群，她有一种直觉，认为自己注定要做一些非同寻常的事情。

史蒂文森给年轻作家的建议简单得令人费解，就像一个伪装的禅理——阅读一切有益的读物，不读无益的读物。然后呢？也许如果他写得更长一点，话中的祈使语气就能更强一些。阅读所有对你灵魂有益的东西，学会像作者一样阅读，找到书中的隐藏之器——懂得欣赏这种隐匿的艺术，真正学会理解作品。

研究作者的生活如何塑造文本，在某些程度上也具有一定的启发性。阅读那些不够好的，正在进步的作品，才能更清晰地了解隐藏之器。像阅读别人的作品一样，学会阅读自己的作品。试着找出你内心深处的兴趣，但不要让你的所有秘密都暴露在无情的审视之下。你会被什么内容吸引？你会回避什么内容？承认自己的平庸，相信修改的作用。

　　然后，你必须期待上天的恩典与幸运的眷顾，相信古希腊神话中的家神拉瑞斯和佩纳特斯会敲响你的门——正是这种好运使福斯特来到印度，在参加为期9天的奎师那（保护神，毗湿奴的化身之一）诞辰纪念活动时，写完了《印度之行》华丽的第三部分：菲尔丁和阿齐兹得以会面，虽然很短暂，但他们消除了对彼此的误解。在之后的40多年里，福斯特写过非小说类——批评类和评论类作品，几乎每周还都给报社写信，探讨司法的不公。他还修改了将在去世后出版的《莫里斯》，给了小说一个完美结局，但他再没有创作过小说。而在伊莎贝尔踏上草坪后的30年里，詹姆斯继续创作出了许多佳作。詹姆斯和福斯特都把秘密藏在了作品中，他们二人都在提醒我们，创作之路很少一帆风顺，坎坷前行才是常态。

第二章

图尔平太太占星

创造跃然纸上的角色

我们非常重视自己创造的人物，他们就像我们的
手工艺品一样。

—— 伊壁鸠鲁，"梵蒂冈语录"

公元前 3 世纪

作为一名读者，辨认出生动的人物形象对我来说十分简
单。只要他们在书页上出现，我就能揪出他们。当蓓基·夏
泼[1]从车窗里扔出一本书时，当郝薇香小姐穿着她的结婚礼
服，命令皮普和艾丝黛拉[2]打牌时，我都会忍不住说：噢，
她来了！蓓基和郝薇香小姐跃然于书本之外的世界，在读者

[1] 蓓基·夏泼，萨克雷的小说《名利场》中的女主角。——编注
[2] 郝薇香小姐、皮普、艾丝黛拉均为查尔斯·狄更斯的小说《远大前程》中的人物。——
编注

的想象中占据了一席之地。生动的人物不是组成一部令人难忘的小说的必要条件，但在小说的世界中，他至关重要。那些在克拉帕姆公交上的 E. M. 福斯特的读者仍然坚持把小说中的人物当作真人来讨论。作家也会这样做——在给朋友的一封信中，普希金这样描写他笔下的一位人物："我的斯特拉私奔结婚了，我永远也不会想她了。"

因此，一个小说家不会描写生动的人物，就像一个高尔夫球手不会推杆，或者一个鼓手没有节奏感一样十分奇怪。但我必须承认，这就是我的处境，我就是无法创造出生动的人物。再次阅读我早期的草稿，我发现自己几乎从眼睛（颜色、形状、戴眼镜 / 不戴眼镜）到头发（颜色、长度、质地）面面俱到地去描述人物。当然，描述范围也相当小：眼睛，棕色或蓝色；头发，黑色或白色，偶尔有苏格兰红发。我允许笔下的人物做出四个姿势：

看；

转身；

点头；

耸肩。

这些角色缺乏生命力，不出意外地彼此雷同。它们被禁锢在纸张上，又怎么能离开书页真正生活呢？

后来，我的草稿上出现了一些更复杂、更吸引人的人物——依靠写作技巧，以及写作过程中一直需要的好运。我曾经认为，自己在创造人物方面的努力是一个尴尬的秘密，一个无论如何都要隐藏的秘密。

如果人物不生动，是不是就不那么具有可信度？但奇怪的是，在教授研究生课程，并与其他作家进行交换工作期间，我开始意识到并不是只有我为创造人物发愁。有些作家确实对人物塑造有天赋，但不是所有人都具备这样的能力，也有许多作家不得不努力打磨技巧。套用弗兰纳里·奥康纳（Flannery O'Connor）的一句名言：每个人都知道人物是什么，直到她或他坐下来开始创造一个人物。

所谓的技巧包括什么？是什么让读者相信他正在阅读这些文字，以某种神秘的方式成了他关心、争论的人物？回答这些问题首先要弄懂：成功的人物是如何使技巧的痕迹消失无踪，像真实的生命一般鲜活的。在我们研究一些经典的人物之前，让我们先来看看几个世纪以来一直陪伴作家们的那些令人赞赏的评论，看看它们在棘手的问题中提供了什么帮助。

首先从源头，亚里士多德的《诗学》（Poetics）开始谈起。当我回过头来看这部开创性的著作时，我惊讶地发现，亚里士多德在26个章节中，只用了其中一个章节来论述人物，而且他几乎没有像我们现在这样使用"人物"这个概念。

他更关心的是诗歌与情节、喜剧与悲剧的问题。在第 15 章中，他终于转向人物，提出了他一贯简洁的观点：

> 关于性格必须注意四点。第一点，也就是最重要的一点，"性格"必须善良。一言一行，如前面所说，如果明确表示某种抉择，人物就有"性格"；如果他的抉择是善，他的"性格"就是善良的。这种善良的人各种人里面都有，有善良的妇女，也有善良的奴隶，虽然妇女地位比较低，奴隶非常贱。第二点，性格必须合适。人物可能有勇敢的，但勇敢或能言善辩与妇女的身份不适合。第三点，"性格"必须与真实的人相似，此点与上面说的"性格"必须善良，必须适合不同。第四点，"性格"必须一致；即便诗人所摹仿的人物"性格"不一致，而这种不一致的"性格"又是固定了的，也必须寓一致于不一致的"性格"中。[1]

今天，我们都会对亚里士多德所说的"合适"的概念提出异议，否定他的阶级制度，但他的许多话仍然令人钦佩。尽管我们可能会认为这 4 个要求自相矛盾，活得善良且真实，

[1] 本段为亚里士多德《诗学》第十五章开头，参考了罗念生的译本。[《罗念生全集·第一卷》，上海人民出版社，2016.5]——编注

活得得体又忠于生活。在亚里士多德看来，虚构作品中的人物由现实生活中的人来评判，同人一样，评判标准就是他们的行为，"人类所有的幸福和痛苦都由行为来表现"。这一观点在当今研讨会中常常以"不要告诉我，展示给我看"的形式被提及，有时具有一定的争议性。如果俄罗斯同名小说的主人公，著名的懒汉奥勃洛摩夫出现在亚里士多德的戏剧中，第一幕就会被抬下舞台。我担心那个可怜的、孤苦伶仃的抄写员巴特比也会这样被赶下舞台。亚里士多德还主张情节和人物描写都应该"以必要性或可能性为准"，他巧妙地描述出了这样一种情况——小说家们苦苦描摹现实，实际上或许是在构建想象的世界。

我怀着崇敬之情，带着一丝愉悦，阅读着亚里士多德那犀利的话语，仿佛置身于时间的面纱之后，跨越 24 个世纪，我依然能从作品中了解亚里士多德的思想。但我却不敢保证，自己写作时，他的观点能立刻派上用场。当然，我们的小说需要表达道德目标，我们的人物需要在多样性中保持一致，但现在，我要开始讲一个新的故事，故事里的马蒂娜有着一头灰褐色的直发和一双棕色的小眼睛。她耸了耸肩，她转过了身。可她的其他方面又该在什么时候呈现呢？

先不谈卡斯蒂利奥奈（Castiglione）的《侍臣论》（*The Book of the Courtier*）以及罗斯金（Ruskin）、帕特尔（Pater）和浪漫主义作者们所著的充满智慧书籍，讲讲最受读者喜爱的文学批评专著——福斯特的《小说面面观》（该书首次出版于 1927 年，根据福斯特那年春天在剑桥三一学院的演讲改编）。福斯特此时已创作并出版了 5 部小说，在 1924 年《印度之行》一书出版后达到创作生涯的巅峰。他以评论家、读者和小说家的身份写作，与其他作家不同，福斯特将人物视为小说中最重要的元素——全书共 10 章，前两章用来讲人物。他告诉我们："人类生活中有五件事最重要：出生、食物、睡觉、爱情和死亡……让我们先问问自己，这五件事在我们的生活中有什么意义，在小说中又意味着什么。"我们边阅读边点头，对如何回答福斯特的问题成竹在胸。的确，大多数作家花在描写爱情上的时间比描写睡眠上的时间多，花在描写死亡上的时间比花在描写食物上的时间多。福斯特声称，"人物是真实的，并不是因为他们像我们……而是因为他们令人信服"，而且，最重要的是，"他们可以被理解"。虽然他们可能有秘密，但小说家对他们了如指掌。"在日常生活中，我们却从来没有理解过对方。"

接着，他发表了有关扁形人物和圆形人物的著名言论。这些关于人物的概念已经留在了我们的辞典中，常常被引用，但重读他最初的观点仍是一次难忘的经历。他写道："看一个人物是否是圆形人物，就看他是否能带给读者一种出人意料的惊喜。"丹尼尔·笛福（Daniel Defoe）笔下精力充沛的女冒险家摩尔·弗兰德斯就是圆形人物的代表。福斯特把弗兰德斯比作一棵站在田野中央的树。在小说中，弗兰德斯承载的内涵与艾玛·包法利或安娜·卡列尼娜的截然不同。

　　如今，"扁平"一词常常是贬义，但这与福斯特的原意不同。事实上，他曾对一位批评家的观点提出了异议。这位批评家声称，扁平人物可以用一个简单的句子概括，福斯特称这是对虚构人物的曲解。福斯特同意扁平人物可以用一个简单的句子概括，但他又辩驳道，扁平人物也可以表现出不凡的深度。他解释说，在17世纪的漫画和幽默中，扁平人物也有原型，它们围绕着某个单一的理念产生：

　　　　如果作家想最快最有力地一语中的，扁平人物就再合适不过。因为作家不需要为扁平人物浪费笔墨，不必担心人物跑题太远，难以控制。扁平人物可以自成一体，就好像夜空中的光圈，与星星间的距离相互适宜，再合适不过。

　　福斯特没有确切地说，但通过这段描述，他表达了创造一个好的扁平人物并不比创造一个好的圆形人物容易。想想那些福斯特让扁形人物做的事：高辨识度、随叫随到、自成气候。陈腐的细节和乏味的笔法并不会把一个人物变成一个小小的光圈。

他对简·奥斯汀第三部小说《曼斯菲尔德庄园》（*Mansfield Park*）中的贝特伦夫人进行了精彩的分析。他认为贝特伦夫人是一个塑造得非常成功的扁平人物。当她的两个女儿陷入麻烦，未婚的朱莉娅私奔，已婚的玛丽亚和情人远走高飞时，贝特伦夫人突然从一个光圈延伸为一颗小星球。福斯特解释说，这是奥斯汀天才的笔法；她笔下的扁平人物从来不会让人觉得平淡无奇，他们总是能不断变得丰满。

最后，他对奥斯汀和狄更斯的作品做了一个非常具有启发性的对比：

> 为什么简·奥斯汀的人物读起来更有新意？不像狄更斯的人物那般简单如一……最好的答案就是，简·奥斯汀的人物虽然渺小但比狄更斯笔下的人物更有条理和组织性。这些扁平人物在小说中发挥着自己的作用，即使情节对他们提出了更高的要求，他们仍然能够应对自如。

福斯特对优秀的扁平人物提出了关键性的要求。如有必要，他们能够应对故事中的紧急事故。我们可能只看到这些人物的某一面，但我们愉快地察觉到，在书页的背后，他们也有其他面，也有复杂的历史。

我也注意到福斯特用"有条理的、有组织的"这个词来形容人物，与大多数读者赞美人物时所用的词汇不同。生动、复杂、引人入胜、栩栩如生、凄美……我们通常用这些词来描述人物。但当作者开始写作时，这些友好的赞美之词对作者创造人物并没有什么特别的益处。"组织"一词，来自希腊语，原本的意思是"工具"。而人物就是作品实验室里的"工具"。我们创造人物，在理想的情况下，人物还能帮我们创造其他东西。

我翻阅书架，发现另一位作者也在谈论人物时提及了"组织"一词。下面是威廉·加斯（William H. Gass）对亨利·詹姆斯的《尴尬年代》（*The Awkward Age*）的精读，优美，让人豁然开朗：

> "卡什莫尔先生，他要不是秃顶，本来是一头红发，戴着眼镜，上唇较长。他身材高大，精神抖擞，行事谨慎不乖张，精力旺盛，这与他那类型的人不太一样。"
>
> 我们可以通过想象用任意的句子描绘卡什莫尔先生。现在的问题是：卡什莫尔先生到底什么样？在这里，我要给出的答案：
>
> 卡什莫尔先生是（1）一种发音；（2）一个名字；（3）一个复杂的思想系统；（4）一个控制的概念；（5）一种语言组织工具；（6）一种假说的指代方式；

（7）语言能量的来源。但卡什莫尔先生不是一个人，他不是一个能感知的对象，任何形容人的词语都不能阐释他。

在下面的段落中，加斯提出了三个颇具说服力的观点。首先，卡什莫尔先生拥有作者赋予他的品质，但他也有许多品质人们无法准确定义。从詹姆斯向我们展示的眼镜和秃顶，我们发掘出卡什莫尔先生的其他特点。这是读者与人物关系中非常重要且复杂的部分，也是作家们必须恰当处理的部分。需要考虑写多少才能说服读者，让读者自行补充剩下的内容。第二，人物是小说的主要构成部分，其他要素都只是人物的附属。第三，加斯认为人物的命名很重要。他表示，在我们的写作中，只有人物的意义是作者赋予的。他写道："人物，对于作者来说非同寻常（除了它在文章中的价值），它给作者提供了一个为新词赋予全新意义的机会。"当我给一个人物起名为"嘉玛"的时候，我是在赋予"嘉玛"这个词全新的含义。

我并不是建议创作时要放任虚构的人物自行发展，事实上，即使是加斯也无法抛弃自己创作的人物，总是忍不住讨论他们，好像他们是现实中的人一般——"多么不登对的情侣"；"谁会想到她最终会成为一名汽车修理工"……我认为这样的讨论，对我们创作人物中遇到的困难有启发和帮助作用。加斯一方面提醒我们，人物是人工雕琢的，不是有机存在的；另一方面他还告诉我们，作为读者，我们应该对正确的语言做出反应。虽然福斯特认为狄更斯在描写扁平人物方面不如奥斯汀，但他十分赞赏狄更斯能让读者接受最荒谬的场景。

加斯强调名字的重要性也说明了作者普遍缺乏想象力。在本学期的伊始，我把学生的名字和他们所创造的人物的名字做了对比。他们自己的名字比笔下人物的名字更丰富多彩，令人出其不意或难忘。而在他们的小说中，不是萨拉就是丽贝卡，不是约翰就是大卫，都是些平平无奇的名字。

当然也有例外，但大多数作家在选择名字的时候仍然非常保守（并不是说每个虚构的世界都应该充斥着像"暮光"和"狗脸"这样的名字）。

加斯认为，我们要对创造的人物负责，对卡什莫尔先生拥有的品质和他所没有的品质负责。当我们创造出一个新的人物时，我们还正在创造一种新的语言。作为词典编纂者，我们不能想当然地创作。人物的内涵和外延都应该由作者来赋予。即便故事中的人物没有名字，读者仍会指望作者为主角下定义，用代词去命名主角：她、他、我们、他们、你和我。

*　*　*

一些经典著作中有不少真知灼见，却少有实用性的建议。令人高兴的是，最近几十年间出版了不少具有指导性的书籍，这些书用更实用的方式教我们如何塑造人物，并向我们提出了一些具体的问题：你的人物有昵称吗？她或他的星座是什么？她或他有工作吗？她或他有什么爱好？

的确，我想自己应该读一读这些由作家所写，或为作家而写的智慧之言，但是当我合上书，尝试采用这些建议时，我塑造的人物似乎还是不能圆扁自如，借用弗朗辛·普罗斯的说法：仿佛死物一般。在创作中，想要让人物鲜活起来，首先需要搞定第一批读者，也就是作者自己。这些写作策略和建议虽然对后期的创作非常有益，但可能无法点燃人物塑造的第一束火花。我们很难想象，那个叫泰德，外号左撇子，正在学跳萨尔萨舞，喜欢做铁路刹车员工作的狮子座男人，是一个生动，有条理的人物。

尽管如此，清单式的写作方法还是令人着迷，多年来，我也收集了一些塑造人物的提示、规则和箴言：

提　示

为人物命名。

用自己或熟人的名字。

借用新闻故事里的名字。

给人物设定你熟悉的房子、公寓、门廊、汽车。

让她拥有职业。

让她开口说话。

让她行动起来（注意：亚里士多德的建议）。

让她了解她在家庭和社会中的角色和地位。

展示她的人际关系，毕竟我们可能都是孤独地死去，但几乎没有人能孤独地活着。

描述一下她的外貌，只要是相关的都可以。

规　则

"正面"人物必须失败过或有一些恶习：写得一手烂字、讨厌紫罗兰花。

"反面"人物也必须有过人之处或良好的品德：音感好、可以辨别有毒的蘑菇。

每个人物都应该和读者分享一些东西：风景、习惯、品位。

每个人物都应该有不外露的特长：音感好、可以辨别有毒的蘑菇。

如果这个人物有些老套，比如她是一个坏姐姐、一个心不在焉的教授，一定不要让人物真的那么刻板。

箴　言

当创造一个与自己完全不同的人物时，我经常需要从外部塑造这个人物。我会让这个人物拥有一所房子、一份工作、几个朋友和一些衣服。在这个过程中，我会慢慢开始了解她或他的内心世界。

那些能代表我的，或能让读者信服的人物，都是由内而外创造的。我熟知她的欲望、她的喜好、她的梦想，渐渐地我对她住在哪里，对她是否有银行存款了如指掌。

我发现这些规则特别有用，特别是"人物要与作者有共同之处"，"人物要有独一无二的特质"这两条。当我创造一个人物时，我需要一个坚实的立足点。但想要这个人物真正地活过来，想象力就必须发挥重要作用，比如赋予这个人物某种特质：一种品位、一次活动、一段关系、一种恐惧，尽管对我来说这些都是陌生的，需要通过想象来实现。讨厌紫罗兰花是一种什么感觉？

在一次对小说《独立日》的采访中，作者理查德·福特（Richard Ford）大肆宣扬了想象力的优点。福特小说中的叙述者弗兰克·巴斯科姆——这个角色很大程度上由儿子的死和其后自己的离婚所影响。当被问及自己与巴斯科姆的生活是否有共同之处时，既没孩子也没离过婚的福特说：

> 创造，这就是我的工作。我没有经历过这些事，但我尽力把它们写得栩栩如生。这是一种关于生动的实验，想象力存在非凡的潜力。有时人们想要从我的个人经历里寻找一些小说情节的蛛丝马迹，这种事情

让我很恼火。我兜售了我所相信的一切，关于人性的所有洞察，说白了创造力是一种能发明出比你所知的更好的世界的能力。

我喜欢这种对想象力的赞美，但就写作技巧而言，我想指出福特和巴斯科姆在自传中还是有共同之处的。巴斯科姆住在新泽西州，这是福特十分熟悉的地方，巴斯科姆曾担任过体育记者，福特在 30 多岁时也从事过同样的工作。

＊　　＊　　＊

虽然这些清单式的写作技巧可能会引导作者探索人物，但问题依然存在：怎样使一个人物在读者的心里活起来？让我们来看看作家是如何介绍他们的人物的。以下是奥康纳的杰作《启示》（*Revelation*）的开篇：

图尔平一家走进候诊室，房间非常小，几乎坐满了人。图尔平太太身材高大，她的存在让候诊室看起来更小了。她笔直地站在房间中央放杂志的桌旁，空间的狭小和荒谬感淋漓尽致。她那明亮的黑眼睛打量着座位上的情况，把所有的病人都看了个遍。那里有一把空椅子，沙发上坐着一个穿着蓝色连衫裤，有些邋遢的金发小孩。

和卡什莫尔先生一样，奥康纳也只展现了图尔平太太的几个身体特征：她的身材，她明亮的黑眼睛。她有一个合适的好名字、她被某种观念束缚着、她是一种语言组织的工具，也能发出自己的声音。我们甚至可以从描写中，挖掘出那些作者没有赋予她的东西。我们放大了她的身材尺寸，我们会猜想她的衣柜有什么衣物。从图尔平太太走进诊室，在那抑扬顿挫的句子中，我们知道她的任务是让世界看起来更小，她大步地走进候诊室，大步地闯入了读者的想象。然而，让图尔平太太焕发出生命的关键，不是单一的特质或细节，也不是她的行为或言论，而是我们从字里行间了解到的图尔平太太对自己和对这个世界的态度。

这似乎才是塑造令人难忘的人物的关键。我认为，这也是为什么人物塑造特别棘手的原因。从眼睛、牙齿、头发、工作、梦想，再到与母亲的关系、宠物史和占卜，再多的细节描写都无济于事，除非它传达出一种态度。事实上，大段无关宏旨的细节描写，只会让想象人物变得难上加难，对于作者和读者来说都是如此。一个人物所需要的是正确的细节，也就是所谓的"能传达信息"的细节，而这些细节所"述说"的就是态度。

奥康纳在这些作品中树立了一个极好的榜样。她的人物，尤其是故事中的三大人物原型——知道自己定位的老妇人，如图尔平太太和《上升的一切必将汇合》(*Everything*

That Rises Must Converge）中的母亲；正直的年轻人，如
《好乡人》（*Good Country People*）中的胡尔加；以及不怎么
样的年轻人，如《好人难寻》（*A Good Man Is Hard to Find*）
中的异类们，这三种人物原型都充满了态度。我们总是知道
她或他将如何走进一个房间。

　　但我不确定奥康纳的人物塑造手法是否对大家有用，因
为她笔下的人物总是处在夸张的情节中，比较极端。她的成
就显而易见，但不是大多数作家应该效仿的对象。设想，图
尔平太太出现在了爱丽丝·门罗（Alice Munro）笔下的一个
精彩故事中，她不仅要占据一整个房间，还要把房间腾空。

　　为了找到更有益的写作模式，我向加拿大作家约翰·梅
特卡夫（John Metcalf）的中篇小说《波莉·昂格尔》（*Polly
Ongle*）寻求帮助。

　　　　保罗被他儿子的外表、举止、态度、反射性的敌
　　意、爱好和习惯，所有这一切所激怒。男孩把裤腿和
　　袖子铰进了自行车的链条，把衣服全弄破了，看起来
　　就像一个瘦弱不堪的稻草人……周末，他用紫色染料
　　漂染了头发。还有他与女友畸形的相处方式……他对
　　1970 年以前发生的事情一无所知，他还拥有来源不
　　明、似乎取之不尽的现金……这一切的一切让保罗愤
　　怒得说不出话来。

　　紧接着，叙述者不断地罗列他儿子那些仿佛永远没有尽头的让他暴怒的破事。这些具体又琐碎的细节揭露了两个人物对衣服、金钱、历史，以及对对方的态度。

　　对我来说，在梅特卡夫的人物塑造中，最能借鉴的一点就是他塑造了保罗暴躁的性格。我认识的很多作家都把独白描写当作赋予人物生命的一种方式，但我常常很难让我的人物滔滔不绝地说个不停。即使是我笔下最健谈的少年，最能言善辩的木匠，也会莫名地说不出话来，就好像她或他突然被迫站在空旷的舞台上，在充满敌意的观众面前讲话。然而，《波莉·昂格尔》提供了一个非常行之有效的模式。当我让人物彼此关注时，他们不仅要说话，还可以抱怨对方的缺点，这样往往效果更好。弗洛拉受不了爱德华，因为他的裤子太短，他总是为天气不好道歉，他坚持在中餐馆用叉子吃饭，他不能决定是复习功课还是去看电影……这也许体现了我的坏脾气，但书上说，坏脾气能比爱产生更多的能量。

　　正如杜鲁门·卡波特（Truman Capote）在《一个圣诞节的回忆》（*A Christmas Memory*）中所写的那样，情感可以产生能量。像奥康纳和梅特卡夫一样，卡波特也是一个善于描写细节的大师。以下是叙述者描述自己年迈的堂姐的句子："除了从没看过电影，她没做过的事情还有：在餐馆吃饭、到离家 5 英里以外的地方旅游、收发电报、读小报和《圣经》以外的文字、化妆、诅咒别人、希望别人受伤。"通过从未做过的这些事情，我们可以清晰地了解"表姐"的形象。暗示比声明能让读者更好地了解人物——图尔平太太注意到了孩子脏兮兮的蓝色连衫裤，我们可以猜想她把自己打扮得很漂亮——这比直接写出来更有力——就像卡波特的处理方法，写一个人物不会做、不会说、不会梦想的事情，比写出她会做、会说、会梦想什么更有效。这样的话语，不论是出自人物之口，还是用来描述人物，都传达出一种态度。

＊　　＊　　＊

成功的扁平人物也可以拥有态度。还记得为女儿感到悲痛的贝特伦夫人吗？那些闪亮的银盘是有态度的银盘，态度是能让读者记住、有辨识度的原因。正因如此，如果需要的话，一个成功的扁平人物可以扩展成圆形人物。如果我们在阅读完《启示》的第一段后就停止阅读，图尔平太太只会是一个完美的扁平人物，但继续阅读下去，我们就会看到奥康纳把女主人公的希望和恐惧带入了新的高度。图尔平太太的自我意识在很大程度上取决于她对自己的社会定位，这种自我意识被深化和复杂化，最终扩大到了她对天堂的末日幻想中。

我认为，圆形人物和扁平人物之间的这种脐带关系正是造就约翰·契弗（John Cheever）的《游泳者》（*The Swimmer*）这样的故事如此成功的原因之一。

作为契弗笔下的主角，奈迪打算游遍朋友、熟人和邻居的泳池，穿越全镇回家，在这个过程中，我们认识了一系列令人叹服的扁平人物。我最喜欢的是豪罗兰夫妇——"一对拥有巨额财富的老夫妇，别人似乎认为他们是共产主义者。他们热心于改革，但不是共产主义者，而且……出于某些未曾告知的原因，他们游泳不穿泳衣。"

作为故事的主角，奈迪应该是一个圆形人物，但我不确定他是否是传统意义上的圆形人物。除了坚持不懈地游泳和他的势利眼之外，奈迪在很大程度上是一个缺乏态度的人物。相反，让他鲜活过来的是旅途中遇到的那些人物，契弗对游泳池的描述也非常精彩。但奇怪的是，对奈迪本人的描写却一片空白。这个故事的成功之处在于，它绕过了那片空白——就像一个黑洞——绕着它的中心发展。

也许，奈迪充分应验了亚里士多德的一句格言：人物就是行动。从故事的第一页开始，他就在行动，他所做的一切让我们既快活又充满好奇。奈迪的家乡穿越之旅，其想法和事实都充满了一种奇妙的喜剧感。与邻居的关系和他所参与的这项不同寻常的任务，让他变得鲜活起来。当然，并不是每个故事都可以围绕一个行动来展开，我们对主角的看法在很大程度上由次要角色的态度决定，关于这种现象还有待研究，但或许我们可以将其称为"了不起的盖茨比效应"。

深入地探讨圆形人物和扁平人物的态度问题，我们发现，态度可以用不同的方式来表现。下面是契诃夫在故事

《带小狗的女人》（*The Lady with the Dog*）中对主人公古罗夫的介绍：

> 他还不到 40 岁，可是已经有了一个 12 岁的女儿和两个上中学的儿子。他很年轻就结了婚，那时他还是个大学二年级的学生，现在他的妻子看起来大他 20 岁似的。她是个高个子女人，眉毛乌黑，挺拔、严肃、庄重，她自称是个有思想的人……他却暗地里觉得她并不聪明，心胸狭窄，缺少风雅，他有点怕她，不喜欢待在家里。他早已对妻子不忠，而且还不止一次，也许出于这个原因，他总是说女人的坏话。
>
> "下贱种！"

从这段话里，我们了解了很多古罗夫的信息，了解了他如何看待自己和世界，在传达这一信息的过程中，文笔居于次要的地位。叙述者有一种淡然的自信和权威感，但它并没有过分吸引人们的注意。这些细节虽然精确而微妙，但与许多作家的处理方法并没有明显的差别。

而托尼·莫里森（Toni Morrison）的处女作《最蓝的眼睛》（*The Bluest Eye*）的"秋天"部分，以一种非常不同的方式开篇：

修女们仿佛带着隐藏的欲望一般悄悄走过，瞪大眼睛的醉鬼们在希腊旅馆的大厅里唱着歌。我们的邻居朋友罗斯玛丽·维拉努奇住在她父亲的咖啡馆楼上，她坐在一辆 1939 年的别克车里，吃着面包和黄油。她摇下车窗告诉我和姐姐弗里达我们不能上车。我们瞪眼看她，想要她的面包，想要把她眼中的傲慢抠出来，粉碎她那翘着嘴吃东西时流露出来的自豪感。等她从车里出来时，我们会痛打她一顿，在她白嫩的皮肤上留下红印。然后她会大哭着，央求我们不要让她脱裤子。

从第一句话开始，修女和欲望，醉鬼和瞪大的眼睛——看到这种惊人的并置，我们就能意识到这是一首扭曲的诗。

叙述在向前推进，吸引我们的注意。当我们继续阅读，通过细节和句法，我们了解到我们面对的是一个年轻的叙述者，她通过自己的经历创造了笔下的世界。她邀请我们感受它，而不是分析它。

莫里森宣布叙述者种族的方式，同样值得我们注意。目前在北美，读者有一种认知倾向：除非另有说明，人物一般就是白人。莫里森的小说写于 20 世纪 60 年代末，她用"她的白皮肤"来提醒读者她的叙述者不是白人。深入小说，许多其他细节都能证实克劳迪娅是黑人。在我最新的小说中，有两个有色人种的人物。我只在小说中暗示过一次其中一个人物——梅里，是黑人，读者可能会错过，但我希望他们不会错过她作为有色人种的道德洞察力。在我的想象中，第二个人物是个韩国人，但他的出现太短暂，以至于我试图把他描述为纯粹的种族主义者。但他的种族仍旧没有被提及，因此，在大多数读者的心目中，他是个白人。如果这部小说能被拍成电影，我会恳求人物展示出真实的自我。在莫里森发表作品 40 年后，泰茹·科尔（Teju Cole）在他的小说《开放之城》（*Open City*）中，几乎用 30 页篇幅确认叙述者的种族。"这是一种我无法逃避的愤怒，因为这种愤怒直接属于我，这房间中的唯一的非洲人。"然后他补充说，自己是尼日利亚人。

莫里森的写作展示了我所说的"具体的态度"：细节、措辞和句法的结合。我会把莫里森的这种特质与其他更重视语言音律的作家归为一类：桑德拉·希斯内罗丝（Sandra Cisneros）、莉迪娅·戴维斯（Lydia Davis）、朱诺·迪亚兹（Junot Díaz）、威廉·福克纳（William Faulkner）、莱昂纳多·麦克尔斯（Leonard Michaels）和格雷斯·佩里（Grace Paley）。在故事《一次与父亲的对话》（*A Conversation with My Father*）中，佩里写道："我的父亲已经 86 岁了，他长卧榻上。他的心脏，像那该死的发动机一样老，再也不能正常运转。他的大脑里仍然闪烁着智慧之光，但腿却再也无法承受身体的重量了。"这些细节可能看似普通，但她选择的形容词"该死的"、"智慧的"让我们立刻意识到，正如福斯特在谈到希腊诗人康斯坦丁诺斯·卡瓦菲斯时所说的那样，这是一个站在宇宙一角的人。无论作家选择什么样的方式表达态度，看上去都像是自然、本能的选择。作家所要完成的目标是一致的：给予、展示、创造、记录和体现态度。

在我早期的草稿中，我笔下的人物有着棕色的头发和蓝色的眼睛。我意识到这些特征并没有传达出太多信息，我把它们当作路上的标记，直到我找到描写出有说服力的细节的道路。我从真实世界和小说世界入手寻找细节。作家需要描写的是人物对自己和他人的态度、感受；还得描写什么对人物重要，什么不重要。从这个角度看，恐惧症、最喜欢的食物、占星术符号、爱好、政治信仰，这些清单都非常有用。在《启示》中，图尔平太太没有去占卜自己的星座，但不知怎的，我觉得自己清楚地知道如果她占星会是怎样一幅场景。

第三章

眼中只有自己

第二次拥抱简·奥斯汀的机会

　　几年前的春天，我前往温彻斯特大教堂，进行一场迟来许久的朝圣。进了大门，我便和向导打听简·奥斯汀坟墓的方位。她指着教堂的另一头，并为在大斋节期间不允许摆放鲜花而致歉。"但一年中的其余时间里，"她安慰我道，"她的坟墓总是被鲜花簇拥着。人们总是给简送花。"1817年5月，奥斯汀搬到了温彻斯特，住得离为她诊疗的外科医生近一些。奥斯汀在那里度过了她短暂生命的最后几周。她在7月15日口述了最后一首诗，7月18日，她去世了，享年41岁。她被埋在温彻斯特大教堂中殿的北过道上，她的墓地上有两块墓碑。大一点的那块墓碑镶嵌在地板上，碑文上没有提及她的作品，而是赞扬她"心地善良，性情温和，天赋超群"。另一块铜匾上铭刻了她的作品名。读到这些铭文我非常感动，它完全概括了奥斯汀本人和她的作品。喜欢她小说的人也会珍视她那平淡无奇的生活，喜欢关于她的传记《亲爱的简》（*Dear Jane*）。据说，在离她坟墓不远的地方，有一口棺材埋葬着 11 世纪伟大的维京国王克努特（King Canute）的骸骨。

奥斯汀的作品中没有国王。她的六部小说都围绕着有限的事物展开——以家庭和乡村生活为背景，都是喜剧而非悲剧。奥斯汀笔下的故事情节大多是可以预测的，尽管她也会制造些许惊喜，比如路易莎在莱姆的著名一摔，或者爱玛对贝茨小姐的粗鲁行为。至于人物，奥斯汀和弗兰纳里·奥康纳一样，坚持塑造某些典型：愚蠢的父母、误入歧途的女儿、攀龙附凤的人、没有存在感的可敬的年轻女子、正直含蓄的男人。这些人物形象出现在一本又一本书里，在很大程度上，尽管他们为故事情节做出了贡献，他们本身却没有发生任何转变。只有主角：女主人公和男主人公在故事的结尾发生了转变。

第一次接触奥斯汀的作品是在我 14 岁时，我在学校读到了《傲慢与偏见》（*Pride and Prejudice*）。当时，我住在一个类似奥斯汀笔下的小世界，在另一个平行世界里，奥斯汀也许会想把它当作素材：我父亲在苏格兰的一所男子寄宿学校教书，我的母亲和我的继母，都是那里的护士。学校坐落在格兰诺蒙德（Glenalmond）山谷，离最近的城镇有 10 英里远。我们知道年复一年，日复一日只与为数不多的人打交道是一种什么感觉——要有强烈的等级观念：首先是校长，其次是他的助手，然后是财务长，最后是舍监。他们都排在我父亲前，我父亲只是一个普通的老师，但他可以俯视园丁。我们也知道偶尔有访客到来时，他们质疑这种等级制度时是一种什么感觉。

但《傲慢与偏见》最初吸引我，不是因为它呈现了我所熟悉的世界。我阅读的初衷是为了逃离当时所处的环境，我没有把奥斯汀所处的环境和自己的处境联系起来，尽管我希望她笔下的舞会能在我们这附近举办。那时我还没有读过 E. M. 福斯特的《小说面面观》，所以当时的我也无法解释为何她塑造的人物给我带来了如此多的欢乐。与《呼啸山庄》（*Wuthering Heights*）中的人物相比，奥斯汀笔下的人物显得格外稳重。没有人会承诺在死后还爱着他人，也没有求婚者在求婚时宣誓至死不渝。但是，在奥斯丁冷静的文笔背后，有一种情感呼之欲出，让我在读完这本书时，马上想重读一遍。

几十年过去了，我仍然难以解密是什么让她的小说如此吸引人，而我又能从她的作品中学到什么。当我决定谦虚地追随她的脚步，写一本题为《放逐维罗纳》（*Banishing Verona*）的浪漫小说时，我收获了新的视角。在出版了以我母亲为原型的小说《伊娃搬家具》（*Eva Moves the Furniture*）

之后，我渴望回到纯粹的想象的领域。我喜欢写浪漫小说，它的结局通常很轻松，创作规则也有迹可循，下面是我总结的几条规则：

1. 这对恋人似乎不太能以一种显而易见的方式在一起。

2. 他们很早就认识了，然后他们被分开了，这种分开指的是身体或情感上的分离。

3. 二人必须克服巨大的障碍：龙或恶魔。

4. 情景设定需要改变，这对揭示人物和推进叙事都有至关重要的作用。

5. 很多次要人物将一路陪伴这对恋人前行。

6. 恋人分开时，需要一两个次要情节，成为主要情节的陪衬，起到娱乐读者的作用。

更重要的是，读者必须意识到，这段罗曼史不简单，在他们寻找到彼此之前，整个世界的秩序似乎都是混乱可疑的。我并不是说奥斯汀有意识地设计或遵循了这些规则。事实上，她正是这些规则的创造者，她编织纱网，引诱读者进入。在她去世后的两个世纪里，无数作家都遵循她所创造的规则。

我特意用了"寻找"一词。尽管她笔下的人物走的是最普通的路，步行的时间通常不超过一两个小时，乘车也不超过几个小时，但对我们来说，他们似乎走了很远。他们从不了解自己与他人——把虚伪当成正直，把吸引当作厌恶——

走向看清自我、理解自我。（奥斯汀本人也经历过这样的旅程，也许还不止一次。在 27 岁时，她接受了哈礼斯·比格韦瑟的求婚，并与家人和朋友一起庆祝。第二天早上，她却告诉求婚者她改变了主意。）在《傲慢与偏见》中，情侣在彼此发现的过程中揭示了一些深刻的东西。奥斯汀热爱莎士比亚和《仲夏夜之梦》(*A Midsummer Night's Dream*) 一类的浪漫爱情故事：情侣们漫步在森林里，分离，相遇，最终团聚。

不过她不喜欢森林，就像不喜欢国王一样。她致力于书写现实主义的浪漫，我认为在她最后一部小说《劝导》(*Persuasion*) 中，这种现实主义最为明显。在那些浪漫小说中，主人公通常没有缺点，优点都被夸大。但《劝导》是奥斯汀与浪漫小说的规则进行艰难谈判的结果——她写出了令人信服的爱情故事。在勃朗特姐妹的作品中，爱情战胜了一切，甚至超越了美德，弥补了主人公社会地位和收入的差距。《劝导》则没有描写激烈的情感，而聚焦于两个不再年轻的男女的相遇。安妮·艾略特和温特沃斯上尉都在与自己的缺点斗争，与社会斗争。

为了在现实主义和浪漫主义之间保持平衡，奥斯汀必须挑战读者。当我们描写一个人物的外在特征，比如我们给卡什莫尔先生一双眼睛，给图尔平太太一个衣橱，我们自然渴望他们过上幸福的生活，有完整的人生。从读者的角度来看，如果一个单身男子和一个单身女人出现在同一个故事中，那么他们终将走在一起，这是一个普遍公认的真理。我痛苦地发现这种狂热的配对模式对作者也有影响。他们热切地把人物凑在一起，但往往忽略阶级、金钱、家庭以及非常重要的外貌等问题。《简·爱》（*Jane Eyre*）的读者总是喜欢站在矮小、贫困且相貌平平的简那边，却不喜欢那个简·爱的潜在竞争对手布兰奇，一位纤瘦而富有的女士。在我的小说《放逐维罗纳》中，我采用并嘲弄了这些偏见。我让29岁的男主人公看起来像天使拉斐尔，37岁的女主人公看起来像贝多芬著名的半身像。我知道不论他们在一起有多困难，读者们还是会期待这对男女有情人终成眷属。最大的问题在于如何引导这种预期，在不引起读者厌倦或沮丧的情况下推迟这对爱侣愿望的实现。

而奥斯汀在情节和文笔方面都树立了一个很好的榜样。14岁的时候，我还太小，没有意识到这一点。那时在我心里《傲慢与偏见》讲的就是谁和谁结婚的故事，但我被奥斯汀笔下乐章般的文字吸引着，毫不费力地从头读到尾。奥斯汀的所有小说里，叙述者都非常巧妙、狡猾，以至于我们总被故事中的人物所迷惑，哪怕那其实是最势利和最愚蠢的人物。她的作品轻而易举地驳斥了亨利·詹姆斯关于小说是"巨大、松散、膨胀的怪物"的言论，还有兰德尔·贾雷尔（Randall Jarrell）的名句："小说是包含着错误的，有一定篇幅的叙事散文。"

当我开始写小说时，我很高兴地得知《傲慢与偏见》并不是作者灵感迸发、一蹴而就写出的作品，而是经过深思熟虑和多次修改完善写成的。

1797 年，《傲慢与偏见》的早期版本叫《第一印象》（*First Impressions*），被出版商拒绝了。直到 1813 年，在出版了《理智与情感》（*Sense and Sensibility*）（也是一本经过大量修改的作品）之后，奥斯汀才出版了《傲慢与偏见》，并获得了赞誉。以《劝导》为例，完稿并在最后一页写下"终结"两字后，奥斯汀又重写了故事的结局，正是这次修改，我们才看到了安妮和温特沃斯之间，那幕备受读者欢迎的求婚场景。

阅读《劝导》时，我发现这本书不像奥斯汀早期的作品那样让人快乐。这部小说的语气更为复杂，语调不太稳定，甚至有的地方还有些拖沓。如果弗吉尼亚·伍尔夫没有提出过相似的观点，我甚至觉得自己是一个异类。伍尔夫在《普通读者》（*The Common Reader*）中写道："在《劝导》中有一种独特的美和乏味。那种乏味往往标志着两个不同时期之间的过渡。作者有一点厌倦，她对自己的世界太熟悉了……虽然我们感到奥斯汀以前做过这些事，而且做得更好，但同时也感到她在试图做一些她从未尝试的东西……她开始发现世界比她以前想的更大、更神秘、更浪漫。"[1] 也许这就是我

---

[1]《普通读者》，（英）弗吉尼亚·伍尔夫著，马爱新译，人民文学出版社，2013 年，第 159 页。——编注

重读《劝导》后，却觉得这本书更令人费解的原因。我为书中的句子焦躁不安，当我看到同样的内容出现得太频繁，或者某个人物经常表现得很差劲时，我感到有些气愤。然而，当我读到最后一页，我发现这本小说又一次变得完整了，在我的脑海中闪烁。《劝导》是为数不多的超越文本的作品。如果说读者成就了小说，那么作者也造就了读者。在奥斯汀的最后一部小说中，她使读者比现实生活中更聪明、更富同情心，更能与作品产生共鸣。

奥斯汀的健康状况不佳，可能也是造成这些失误的原因之一，毕竟当时她已经被疾病的阴影笼罩。但我认为伍尔夫分析得也十分准确：《劝导》中的许多不足之处，都是因为奥斯汀想驶入未知的领域。《劝导》不是以未婚夫的到来，而是以他的归来开篇。在奥斯汀的小说世界里，主要事件——求婚——早已发生。7年前，安妮接受了温特沃斯的求婚，但最终却与他解除了婚约，这让他们成了一对典型的或许不能地久天长的情侣。两人因不同的经历、温特沃斯的愤怒以及安妮周围的闲言碎语分道扬镳。安妮自己和温特沃斯都认为，27岁的安妮已经年纪太大不适合再谈请说爱。奥斯汀对自己了如指掌的创作规则有所保留，也有所创新。

奥斯汀对金钱的重要性一贯有敏锐的理解，在《劝导》里，她利用金钱成功地引出了温特沃斯和整个故事。小说以安妮的父亲沃尔特爵士为了还清债务，最终被说服出租家产凯林奇大厦开头。他的租客不是别人，正是克罗夫特将军，安妮曾经的求婚者的姐夫。我们了解到，在"短暂的幸福"后，安妮在母亲的好友拉塞尔夫人的敦促下终止了订婚。温特沃斯贫困、前途未卜、脾气倔强。读者们可能会对这些现实的顾虑和拉塞尔夫人的行为感到愤怒，特别是拉塞尔夫人目睹安妮年复一年的单身，开始后悔自己当年的建议时。事实上，安妮自己有更复杂的想法，即使拉塞尔夫人错了，但安妮作为一个 19 岁、没有母亲的女孩，接受年长者的建议也是明智之举。安妮在小说的最后告诉温特沃斯："我选择订婚时的痛苦，甚至比我放弃订婚时的痛苦还多。"当温特沃斯第一次向安妮求婚时，他没有什么值得称道的优点。在拉塞尔夫人眼里，他不够优秀，或许对奥斯汀来说也不够优秀。但在小说的结尾，他再次求婚时，他已经交了好运，有了自己的事业和人脉。爱情是实际的。

小说的开篇还介绍了另一个重要的主题：生活与书籍的关系。从小说中我们得知，沃尔特爵士非常喜欢《男爵录》（*Baronetage*）这本书。他甚至自己编辑修改了这本书，让书中的描述更加准确，同样，他希望影响和改变同样虚荣和愚蠢的大女儿伊丽莎白。《劝导》通常被看作是关于第二次机会的故事，但我觉得它讲的是修正的故事。如果我们不能学会用不同的角度看问题，采取不同的行动，第二次机会又有什么用呢？小说用不到四分之一的篇幅描写了安妮和温特沃斯上校这对不幸的恋人互相倾慕的故事。最初，温特沃斯看待安妮的方式似乎与安妮的父亲和姐妹们看待她的方式大同小异——嘴上说"眼中只有安妮"，其实是"眼中只有自己"。

　　凯林奇大厦的出租，几乎迫使所有的主要角色都走入了新环境。沃尔特爵士和伊丽莎白前往巴斯，克罗夫特将军和夫人搬进了凯林奇大厦。与此同时，安妮也踏上了一段意义重大的旅程，前往厄普帕克罗斯，帮助那个嫁给查尔斯·马斯特洛夫的妹妹玛丽。几周后，温特沃斯拜访了克罗夫特一家，遇到了查尔斯的姐妹们：活泼的亨丽埃塔和路易莎。我十分佩服奥斯汀如此巧妙地给安妮安排了两个竞争对手，让她的"屠龙之旅"难度倍增，并以此模糊了温特沃斯对她的情感。

　　在《小说的艺术》（*The Art of Fiction*）中，约翰·加德纳（John Gardner）认为，小说中有两类情节最精彩：一是陌生人的到来，二是主人公踏上旅程。在《劝导》中，奥斯汀巧妙地把二者结合在了一起。在强迫安妮离家之后，奥斯汀又安排安妮与玛丽、查尔斯、查尔斯的姐妹，还有温特沃斯上校一起，来到了海滨小镇莱姆。奥斯汀以一种非常现代的语言表达方式写道："年轻人们，在看到莱姆的那一刻都兴奋起来。"（在我的小说中，由于缺乏奥斯汀式的束缚和精妙笔法，所以把人物设定在了美国。）

新的背景设定向我们展示了这些人物的新特点，并引入了第二组次要角色，奥斯汀在整部小说中都非常巧妙地运用了这些次要角色。路易莎从海堤科布上摔下来的时候，莱姆之旅达到了高潮。安妮和路易莎都听到了温特沃斯上校在赞扬坚毅的性格——他声称：一个人永远不该改变自己的立场。现在，路易莎决心向温特沃斯证明自己的坚定，她坚持要在温特沃斯的搀扶下从楼梯上跳下来，还跳了两次。第二次，路易莎跳得太快，温特沃斯没能抓住她，她倒在人行道上晕了。所有人，包括温特沃斯都没有晃过神来的时候，安妮挺身而出，她派人去请外科医生，吩咐其他人把路易莎送到旅馆去。

读到这生动的一幕时，我想起了亚里士多德所说的"人物就是行动"。现在，安妮终于抓住行动的机会了。

次要情节在浪漫爱情小说中很重要，在《劝导》中尤其明显，我们读者迷失在次要情节中，暂时忽视了主要情节：安妮和温特沃斯破镜重圆的可能。莱姆之旅引入了两个有用而带有悬念的次要情节。在安妮和同行下榻的旅馆中，一位客人是沃尔特爵士的继承人，艾略特先生。几年前，艾略特先生对沃尔特爵士的建议不屑一顾，现在他又表现出了对安妮感兴趣。27岁的安妮小姐突然吸引了众多倾慕者。另一个次要情节是，本威克中校与温特沃斯的朋友哈维尔上校的妹妹订婚了。（这部小说中全是海军军官。）但本威克的未婚妻在他出海时去世了；本威克和哈维尔一家住在莱姆，陷入悲伤不可自拔。他的出现让奥斯汀质疑爱情忠诚的本质，并继续探索生活和阅读之间的联系。与此同时，哈维尔上校和哈维尔夫人也进一步证实了克罗夫特将军和克罗夫特夫人已经证明的事实：海军军官往往都是非同一般的好丈夫。每一个人物都有特定的作用。

小说里的每个人都在为路易莎担心，他们本应如此，但作为一名读者，我却一点都不为她担心。奥斯汀如此巧妙地重新安排了世界的秩序，以至于似乎一个年轻女人的生命还不如两个为情所困的恋人之间的事情重要。此外，我处在一个喜剧色彩多过悲剧色彩的世界里，我知道在奥斯汀的小说中，路易莎的摔倒只是一个激烈的开端。但我的不关心丝毫没有减弱人物和故事的精彩。

在作品的后半部分，大多数人物被转移到了另一个场景：小城巴斯。在此就不详细讨论奥斯汀精巧的架构了，但我想谈一下，引入次要情节的——史密斯夫人。史密斯夫人是一个几乎一无所有的寡妇。跟艾略特先生和本威克中校一样，史密斯夫人自然地走入了小说情节，使我们再次欣赏安妮的美德。但史密斯夫人真正的作用，是让我们知道艾略特先生突然开始对沃尔特爵士和安妮的关系产生了兴趣。奥斯汀对这部分情节倾注了非常多的心血。在短短三页的篇幅中，我们回顾了安妮和温特沃斯的过去，莱姆之旅被压缩在了十九页的篇幅中，而在接近小说结尾的时候，奥斯汀用了整整一章——十六页的篇幅来描述安妮和史密斯夫人之间的一次谈话。

这次谈话宛若坐过山车一般跌宕起伏。谈话发生在一场重要的音乐会后第二天的早晨，安妮意识到了温特沃斯仍然对她很关切。而史密斯夫人向她询问音乐会当晚的细节。斯密斯夫人相信安妮就要和艾略特先生订婚了，她一开始就不相信安妮对艾略特先生的否定。"这种情况在我们女人中很常见，对于一个男人，只要他没有求婚，我们都能拒绝……不过让我为我的朋友辩护几句，尽管他只能算得上是我过去的朋友。你到哪里还能找到如此般配的伴侣？你到哪里还能遇上更有绅士派头、与人为善的男人？艾略特先生就是我推荐的最佳人选。"安妮急于拒绝史密斯夫人的推荐，竟于无意中说出了自己心之所属。这时，史密斯太太才向安妮透露，虽然艾略特先生是她丈夫最亲密的朋友，但在服丧期间艾略特先生让她失望，而且艾略特先生的第一次婚姻也完全是为了钱。他现在已经变得富有，对继承男爵爵位非常感兴趣，因此他又重新把主意打在了沃尔特爵士身上。

安妮很高兴得到了朋友的信任，她知道了史密斯夫人的难处，也可以理解她最初对艾略特先生那番自相矛盾的赞扬了。最后，史密斯夫人说："亲爱的……我也没有办法呀。虽然他也许还没有向你求婚，但我觉得你跟他结婚是十拿九稳的事，所以我也不能告诉你有关他的真相，就宛若他真的是你的丈夫一样。"我们一点也不感觉意外。在接下来的一段中，安妮的思路转向了另一位不可靠的"顾问"——拉塞尔夫人。拉塞尔夫人同样也被艾略特先生的彬彬有礼给迷惑了，她是最希望看到安妮嫁给他的人，而安妮觉得自己"完全有可能会被拉塞尔夫说服了"……

难怪安妮认为"在任何这种情况下，都不应该给出类似的建议"。在这里，奥斯汀遵循了浪漫爱情小说的另一个重要原则：使人物犯错，产生误解，让人物备受声誉和现实的困扰。

现在，故事发展顺其自然地走向有情人终成眷属的桥段。在第一个版本中，也就是那个写了"终结"二字的版本，奥斯汀把安妮和温特沃斯上校安排在了一起，让他们开始了解彼此。而修改后的版本，也就是我们现在熟知的版本中，奥斯汀构造了一个更复杂的场景，她没有让这对情侣单独待在一起，而是让他们各自辗转于不同的传话人之间。音乐会结束的两天后，安妮来到了马斯特洛夫家。她发现，在客厅的那一头，马斯特洛夫太太和克罗夫特太太正在讨论订婚期过长这一传统有多愚蠢。与此同时，在另一头，哈维尔上校正在和温特沃斯上校谈话。

当安妮走近时，温特沃斯坐在一张邻近的桌边写信。哈维尔上校把她叫到了窗前。哈维尔上校给她看了一幅本威克中校的画像，这幅画像原本是为他妹妹而画的。现在，本威克中校却不通人情地拜托哈维尔把自己的画像转交给新的未婚妻。哈维尔告诉安妮，温特沃斯正在为此写信。

本威克的注意力从对未婚妻的哀悼突然转向了对全新的浪漫关系的期待，这一转变导致了安妮和哈维尔之间热烈的争论，他们争论着男人和女人到底谁更长情。哈尔维尔声称，男人的感情就像他们的体格一样，更加强烈；安妮，用同样的比喻，声称女人的感情更加绵长。但是，考虑到男人所需要经历的危险、辛劳和困苦，她继续说道，男人不被女人那样绵长的情感所连累也无妨。当他们争辩时，温特沃斯一直坐在旁边写信。最后，当他和哈维尔准备出发时，他设法把信送到了安妮手里。事实证明，这封信与本威克的画像无关，而是写给安妮的表白。

最后，在巴斯的大街上，这对情人终于相遇，面对面地自由交谈。温特沃斯承认他曾生过安妮的气，也曾试图喜欢过路易莎。但是莱姆之旅也使他感到挫败。艾略特先生对安妮的倾慕使他振作了起来，在科布的那一幕和哈维尔上校的经历让安妮更瞩目。然而，令他沮丧的是，别人都认为他已经订婚了。他逃离莱姆，希望能淡化并使别人忘却他与路易莎的关系。这对情侣最终成功走到了一起。

正如伍尔夫所说，在《劝导》中，奥斯汀既描写了自己所经历的事情，也向读者展示了一个她所探索的新领域，

"探索这个比她想象的更大、更神秘、更浪漫的世界。"小说最戏剧性的转变不是安妮的年龄或她的处境，而是奥斯汀自由地表达了她热烈的情感。从温特沃斯上校再次出现时，她就注意到了他，而读者也奇妙地体验着这种转变。在数月的误解之后，他们最终参加了我前面提到的音乐会，终于有机会彼此交谈。之后，奥斯汀写道：

> 安妮什么也没看见，也没有留意房间装饰得有多辉煌。她的幸福来自心底。她的眼中闪着希望，两颊绯红，但她没有意识到这一点。
>
> 过去半个钟头所发生的事情萦绕在她的心头，当他们走回自己的座位，她的脑子飞快地转着……他似乎想急切地表达出路易莎·马斯特洛夫不怎么样的想法，他对本威克中校的关切、他带着依恋的感觉、欲言又止的话、迷蒙的眼神——所有一切，都表明他似乎想要回到她身边，那些愤怒、怨恨、逃避已不复存在，他们在一起不仅是出于友谊和对彼此的关心，更因为过去留下的温柔。的确如此，他们对彼此都非常温柔。她不认为他们之间的感情变淡了。他一定还深爱她。

这段描写展示了安妮是如何思考和感受这种爱的。她不是那种心血来潮改变主意的人。在这里，我们看到她收集着温斯特沃斯还爱着她的证据，以向自己证明。自从温特沃斯再次出现后，她就希望这是事实。数页之后，她向我们又展示了同样的洞察力。"他嫉妒艾略特先生！这是唯一可以解释的动机。温特沃斯上校嫉妒别人对她的感情！一个星期以前，三个小时以前，她一定不会相信这种情况的发生。刹那间，那种满足感是如此强烈。"碎片式的句子，紧张却又矛盾的情感，太多的感觉在一个瞬间的涌现，这种写作手法也为乔治·艾略特、亨利·詹姆斯、伍尔夫，还有很多作者铺平了道路，使他们描写人物的内心世界更加精彩。

浪漫爱情小说的创作规则为作者提供了方向，但其形式也充满了危险。尽管读者们都热衷于为小说中的人物牵线搭桥，但他们也很快就会觉得恋情无足轻重，或者不值一谈。在《小说面面观》中，福斯特思考了为什么小说家把大量时间错误地投入到爱情描写中，他猜测这是小说家在写作过程中过于敏感的心理状态所致。我认为浪漫故事之所以吸引人其实很复杂。对于读者矛盾的反应，我认为有几个原因。其中一个原因是，不管在前期还是后期，爱情本质上是随机的。

以《劝导》为例，奥斯汀的次要角色们欣然接受了这种随机性，路易莎从台阶上摔落，脱离了一段关系，又进入了另一段关系，但奥斯汀的男女主角却需要遵守更严格的爱情准则。读者们一直期待着安妮和温特沃斯上校的重逢，但结局之所以令人满意，不仅仅是因为读者对两人倾注了感情，还因为读者也体验了这些人物在小说中战胜第三者——路易莎和艾略特先生的全过程！读者也体会到了如何在恪守当时严格道德规范的同时，依然忠于自我。温特沃斯上校早先似乎愿意与任何一位乐于助人的年轻女子结婚，现在他意识到了安妮的优越品质才是他想要的。他冒着第二次被拒绝的风险追求安妮，这需要超凡的勇气。至于安妮，她已经是成年人了，她意识到自己的感情是真实的，为了在这个世界占有一席之地，她必须置父亲和姐姐那愚不可及的看法于不顾。安妮和温特沃斯的相聚完全不是随意安排的。

在与安妮的对话中，哈维尔上校认为女人反复无常，感情变化多端，甚至还很健忘。安妮抗议道："我们对你们，当然不像你们对我们忘得那么快。也许，这与其说是我们的优点，不如说我们命该如此。我们实在也没有办法。我们在家中安静闲适，却又备受感情的折磨。而你们男人却不得不如此劳碌。"当他们继续争论的时候，哈维尔说他从来没有"翻开过一本书，里面没有描写女人的反复无常……不过，你也许会说，那都是男人写的"。安妮回答道："也许我是要这么说……书证明不了任何事。"在这个问题上，她接着说："我们永远也证明不了任何东西，这种分歧是无法证明的。"

我无法确切地证明奥斯汀是如何说服我们，在这个美妙的场景中，安妮和温特沃斯两人的生活如何在悬而未定中保持微妙的平衡。但我敢说，她用了一种提喻的修辞手法，爱情，是他们社会与精神整体存在的象征。人物进行了一次朝圣，向对方献出了最好的自己——即便把外在的成就剥离，那真实的自己依然存在。安妮和温特沃斯将一起准备以克罗夫特将军和克罗夫特夫人为榜样，面对世界上所有的危险，无论危险来自海上还是陆地。

作为读者，我们也在践行一种提喻。我们把自己放在一边，希望文学能呈现出与日常生活不同的东西，甚至我们不喜欢看没有战争、饥荒和革命的小说。

我们接受，甚至拥抱自己脆弱且胆小的那一部分，渴望幸运地拥有亲密的关系与被他人谅解。我读奥斯汀的时候，还是个十几岁的少女，经历了漫长的恋爱关系，后来回归单身，现在成为已婚的女性。经历过多重的身份，我明白奥斯汀是在与我对话，谈论我的人生，谈论我们每个人都需要被认可的深层需求，谈论我们生活的世界，无论在巴斯、巴尔的摩、伦敦还是纽约曼哈顿下东区，这一切都有其自身的意义。

第四章

嘘，闭嘴，请安静

让我们的故事人物尽情表演

我敲打着甲板，喊道，我受够了。

我将要远行。

你说什么？我将会永远地叹息和痛苦吗？

我的人生自由，像公路一样无尽，

像风一样无拘，像仓廪一样无边。

我还要拘泥于此装束？

我还没有开始收割，却被荆棘刺伤，

宁让我受伤，一切却不再得。

与那随热忱之果一同失去的是什么？

——乔治·赫伯特

《衣领》("The Collar")

乔治·赫伯特（George Herbert）1633 年在诗集《教堂》
（*The Temple*）中发表了诗歌《衣领》（*The Collar*）。近 400
年过去了，我们在读这首诗时，仍然会听到第一人称叙述者
在天堂之门外急切呼唤的声音。

不需要信仰宗教，我们就能体会到诗中的感觉，那种
被不公平地对待，被一种更强大的力量束缚的感觉——这
种力量来自神、父母、雇主、合作伙伴，叙述者控诉这种力
量。与同样大声疾呼的《日出》（*The Sun Rising*）的作者，
老牧师约翰·邓恩（John Donne）一样，赫伯特也是一位杰
出的诗人，几个世纪以来，他那对话式的诗歌一直在向我们
倾诉。

以倾诉为主要手法的当代作者还有：桑德拉·希斯内
罗丝、马龙·詹姆斯（Marlon James）、丹尼尔·奥罗斯
科（Daniel Orozco）、吉姆·谢泼德（Jim Shepherd）和乔
伊·威廉姆斯（Joy Williams）等。在他们讲述的故事里，我
常常觉得第一人称的叙事手法经常能代替场景。有人抓住我
们的肩膀，跟我们说话，而非平静地向更广阔的世界讲述一
个故事。这样的故事往往场景较少，甚至没有场景，但我们
并不怀念场景。就像赫伯特和邓恩一样，叙事的紧迫感贯穿
始终。但抛开这些语气自信坚定的第一人称叙述视角不谈，
大多数故事和小说都需要场景，我甚至可以说，小说中大部
分最具启示性、最令人心碎的时刻都是在场景中展现出来

的。对话则是小说家皇冠上的一颗宝石，而宝石就应该闪耀出别样的光彩。

我所说的对话，不仅仅指人物间的言语，还包括所有显性和隐形的有助于表情达意的周边细节：人物说话的地点和时间、人物的手势和表情、对话的停顿和中断，还有通过第三人称视角和第一人称视角的想法和感受。阅读那些没有直接使用对话策略的剧作家的作品使我们意识到，即使是最直白的对话，有一些信息也是间接传达的。

这是汤姆·斯托帕德（Tom Stoppard）的早期剧作《每个好男孩都值得宠爱》（*Every Good Boy Deserves Favour*）的对话：

　　亚历克斯：我要投诉。

　　医生（打开文件）：好的，我了解，这是偏执妄想症患者的病态发展。

　　亚历克斯：不，我没有任何问题。

　　医生（合上文件）：你瞧，问题就在这儿。

　　亚历克斯：我抱怨的是我牢房里的那个人。

　　医生：是病房。

　　亚历克斯：他以为自己有一支管弦乐队。

　　医生：是的，他有认知问题。我忘了他叫什么。

　　亚历克斯：他咄咄逼人。

　　医生：他也向我抱怨了你。你在浅睡眠时咳嗽的
问题很明显。

　　亚历克斯：你能帮什么忙吗？

　　医生：当然可以。（从抽屉里拿出一个红色药盒）
每四小时吸一次。

　　当然，在演员的表演中，我们能从这段对话中获得很多
信息。他们的语调和动作，加上布景和灯光，音响效果等，
都会影响我们聆听以及理解那些话。斯托帕德渴望这些话形
成某种节奏，某种音调。我们能把这些对话逐字逐句地写下
来，使它们具体化，从而在故事中创造出一个令人满意的场
景吗？我对此深表怀疑。即使我们在故事中增添了观点、背
景设置等，一来一去的对话也会看起来很单薄。医生嘲讽有
身份认知障碍的病人可能会给人带来一种陈腐而非诙谐的印
象。这种过度强调，几乎快超越现实的对话，加上无数的误
解，会使人难以相信这是一个真实的故事。

　　把故事简化为对话也同样。即使是海明威（Hemingway）
的小说《白象似的群山》（*Hills Like White Elephants*）——使
用了大量对白——很大程度上也要依赖场景的转换来表达人
物思想和感情的改变。

　　我们从小到大，都在散文和信件中使用叙述、描写和总
结，但我们很少有机会描写对话，除非写小说。为什么描写

对话如此困难？说话是人类最基本的行为之一，我们每天都要参与对话。这些日常交流难道不能创造出对话的艺术吗？这不是对话艺术的非正式研究吗？如果答案是肯定的，那么到 25 岁的时候，我们每个人都能写出精湛的对话了。

首先，也最为浅显的一点是，剧作家描写的对话与小说中的对话效果不同，当然也和我们日常对话的效果不同。当你意识到读者对谈话的主要要求是生活化或"自然"时，可能会觉得很惊讶。但他们所说的"生活化"是什么意思呢？在我们的日常对话中，我们会重复说话、为自己解释、说不完整的句子、跑题、被打断，然后又重新开始，我们总是不能用最好的词语，最好的顺序进行对话，而哭泣，无论欢乐还是悲伤，更是让我们无法开口。

记录一段真实的对话，你就能看到这些问题。如果书里的人物像我们在日常生活中那样漫无目的地胡言乱语，我们会在几页后就把书合上。当我们仔细研读经典故事中的对话，比如哈金（Ha Jin）的《我最好的士兵》（*My Best Soldier*）或弗兰纳里·奥康纳的《好人难寻》时，我们会发现一种故事性的语言，比传统的语言更丰富，比日常的对话更精彩。人物清晰易懂，却又能言善辩、聪明机智，对话与故事紧紧相扣。人物在看似自然的对话中完成了所有不自然的事情。对话就像披着羊皮的狼，看似无辜，内里却暗藏武器。即使是那些看似无关紧要或反复出场的人物，也是作者精心安排的结果，正如凯瑟琳·曼斯菲尔德（Katherine Mansfield）在她精彩的小说《已故上校的女儿》（*The Daughters of The Late Colonel*）中所展示的那样——约瑟芬和康斯坦蒂娅，带着外甥西里尔与年迈的父亲进行了如下对话：

"好吧，"爷爷平纳说，"你有什么要告诉我的？"西里尔的心开始怦怦直跳。

他有什么要说的呢？他有什么话想告诉他？西里尔觉得自己笑得像个十足的低能儿。房间里也很闷。

终于，约瑟芬姨妈来拯救他了。她欢快地叫道："亲爱的爸爸，西里尔说他爸爸仍然很喜欢吃蛋白甜饼。"

"嗯？"平纳爷爷说着，把自己的手在耳边弯得像一只紫色蛋白酥皮外壳。

约瑟芬重复道："西里尔说他爸爸仍然很喜欢吃蛋白甜饼。"

"我听不见。"平纳老上校回答道。他挥着拐棍把约瑟芬赶走，然后用拐棍指着西里尔。"告诉我，她到底想说些什么。"他说。（我的老天爷！）"一定得我说吗？"西里尔红着脸，望着约瑟芬姨妈。

"去吧，亲爱的，"约瑟芬姨妈微笑着说，"他会很高兴听你说话的。"

这个场景完美地展现了平纳上校的手势和西里尔的思想及感情。许多口语化的句子来自我们的生活，但比生活中的对话更简练更少重复，是精心创作的小小的喜剧。

也许上面的对话来自曼斯菲尔德无意听到的一场关于蛋白甜饼的谈话。当然，对大多数小说家来说，偷听对话是一种不当又很有必要的行为。去年的一天，在课堂上，我发现学生们正在讨论如何美白牙齿。我草草记下了他们的谈话，因为这正好与我的一个角色相关。虽然偷听对写小说很有帮助，但正如我已经说过的那样，小说中最常见的对话不能直接从生活中提取，它更接近我们希望说出的内容，而不是我们实际上说的内容。法语里面有一个短语"la pensée d'escalier"，字面意思是"楼梯上的想法"，指的是那些在我们离开晚宴，走下楼梯时才会突然想到的更机智的反驳。我们的人物就是那些说出迟来的想法的人。

与阅读一样，写对话的方式某种程度上与习惯有关。而读者和作者都同意，第一人称讲故事，与人物直接向其他人物说话有时大不相同。举个例子，在詹姆斯·乔伊斯（James Joyce）的短篇小说《阿拉比》（Araby）中，就有一个非常动人的叙述者。他告诉我们："北理奇蒙德街的一头是不通的，除了基督兄弟学校的学童们放学回家那段时间外，平时大街上都很寂静。在街尽头有一幢无人居住的两层楼房，跟别的房子隔开着。"但当他终于和他感兴趣的女孩说话时，他却结结巴巴的。雷蒙德·卡佛（Raymond Carver）的《大教堂》（*Cathedral*）和齐兹·帕克（ZZ Packer）的《在别处喝咖啡》（*Drinking Coffee Elsewhere*）在叙述者方面一脉相承：对读者说话时，语义清晰，和故事中的人物说话时，言辞变得乖戾，甚至有些结巴。我认为，读者能不由自主地接受这种显而易见的矛盾，不仅因为小说世界约定俗成的力量，也表明了我们所有人都有过没有说出口的"楼梯上的想法"。经历过亲密关系的人知道，一个人可能能话都说不流畅，但内心仍然可以妙语连珠。作者知道这一点，通常不会去费心解释叙述和对话之间的差距，他们相信读者能理解这一点。但在第一人称叙述中，两者间却几乎没有差距。哈克·贝利·费恩同样用丰富的大白话和方言向读者和同伴们述说故事。爱尔兰作家罗迪·道尔（Roddy Doyle）在《童年往事》（*Paddy Clarke Ha Ha Ha*）一书中，让10岁的帕迪与哈克·贝利·费恩用相同手法的叙述，也取得了同样惊人的效果：

> 我用盲文阅读。这花了很长时间，我十分小心，以免针把书页划破。当阅读结束的时候，厨房的桌子上都是小点。我把盲文拿给爸爸看。
>
> ——这是什么？
>
> ——盲文。盲人的写作的方式。
>
> 他闭上眼睛，感觉着书页上的突起。

——上面说了什么？他问道。

——这是我的英语作业，我告诉他——写 15 行
你最喜欢的宠物。

——老师是盲人吗？

——不是。我只是在尝试。我做得不错。

罗迪·道尔冒着可能会让帕迪看起来过于简单，甚至幼
稚的风险，因为他很大程度上忽略了一个写作上的惯例，帕
迪完全可以像 10 岁的孩子那样说话，同时像 35 岁的成人那
样进行叙事。这种方式造就了一部朴实无华却又充满艺术感
的小说。

对于这种看似自然的对话，另一个要求是不能听起来像
陈述说明，除非过度表达是该小说的特点。我们不希望看到
有人物这样说话："亲爱的，现在我们的孩子虽然经历了许
多挫折，但都安全地进入了大学。你也被提升为郊区一家小
商店的副经理，我们是时候去安大略省看看艾丽丝·门罗曾
经居住过的地方了。"这样的对话，让我们觉得作者把文字
放进了人物的嘴里，用它们来提供基本信息，而不是让人物
自己说话。

这也并不是说一个人物不能宣布某个显而易见的事
实——"妈妈，我 18 岁""理查德，你总是迟到"——但
好的对话需要为故事服务，它必须用叙事无法做到的方式来

展示人物、推进情节，在理想的情况下，又不能显得过于直白。它必须深化故事的精神世界。读者应该能感受到对话中字里行间的紧迫感。对话应该有基本的信息，也应该有潜台词。没有潜台词的大段对话会使故事显得乏味。

对话除了能塑造人物和推动情节，也创造了更多留白的空间。读者在面对文字密集的段落时，有时会感到气馁。重读《百年孤独》（*One Hundred Years of Solitude*）时，我被加夫列尔·加西亚·马尔克斯（Gabriel Garcia Marquez）简单的对话描写所打动。在他的小说中，许多段落很长，甚至超过了一页，但他的大部分对话的场景却不到十五行。这样的对话常常嵌在段与段之间。如果出自不太高明的作者之笔，很容易成为读者的阅读负担。但是，马尔克斯丰富的想象力和高超的叙述技巧，把我们的注意力全都吸引了——接下来，马孔多镇和布恩蒂亚家族会发生什么？

大部分小说都存在过度叙述的问题，只有一些作品能把叙述镶嵌在场景中。当人们在研讨会上大喊"应该展示而不是陈述"时，他们是在要求对话必须有能量，这种能量部分产生于陈述和展示之间的对比。任何一个有多重场景的故事，随着文章在场景和叙事之间转换，节奏都会逐渐显现，而作者往往会在关键时刻打破或中断这种节奏。在《已故上校的女儿们》中，曼斯菲尔德在场景描写和叙事之间来回切换，直到最后，她才把故事中最重要、有致命影响的问题和盘托出：上校家的女儿早年丧母，狭小的社交圈、受限的生活使她们遇不到可以托付终身的男人。当我们读到最后一段，我们才知道康斯坦莎和约瑟芬将永远只能是女儿和姐妹。

选择在什么时候交代背景故事，是一个复杂的问题。〔在《了不起的盖茨比》（*The Great Gatsby*）中，菲茨杰拉德一直想在一个恰当的地方揭露盖茨比的过去，最后他选择在第七章揭示答案。〕大多数作者写作时都在考虑如何戏剧性地呈现素材：是用场景描写，还是用叙事。选择没有规则可循，我们需要考虑的就只是不断地写，一章接一章，一个故事接一个故事。

我尝试写一个场景，场景中露西和塔比莎穿过树林，寻找一个春色正好的池塘：

"你抄了我的化学作业。"露西淡淡地说。

"不，我没有。"塔比莎用棍子捅了捅草丛，"不管怎样，是什么让你觉得自己是玛丽·居里？"

"我对居里夫人不感兴趣。我想成为亚历山大·弗莱明，他来自苏格兰，是他发现了青霉素。你认为我们今年夏天应该美白一下牙齿吗？"

或者我可以这样写：

露西和塔比莎在树林里散步，寻找一塘春色正好的池子，她们正在为自己究竟想发现镭还是盘尼西林而争吵。

哪一种写法更好，取决于我要讲的故事。场景让时间慢了下来，而叙事则加快了速度。有些作家倾向于描绘场景，他们可能需要通过描写两页女孩们的争吵，才能写出一句优雅的总结。有时只有在修改时，当我们开始把握了作品更宏大的意义时，我们才能决定什么时候应该压缩成叙述，什么时候应该扩写成场景。

就像生活中的其他东西一样，故事的空间决定一切。利用故事的空间是引导读者注意力的一种方式。作者用两页篇幅写露西和塔比莎的争论，这表明，除了抄袭作业外，还有更重要的事情。同时，我们还必须了解有关人物塑造的写作技巧，为什么要用这么长的篇幅？并不是说篇幅越长越好，引用伊萨克·巴别尔（Isaac Babel）的话，有时候一句话比几页纸更能打动读者的心。

因此，尽管我们可以在不同版本的草稿中来回揣摩，将素材移到场景或叙事中，但这两者是不能互换的。叙事可以压缩信息，对话可以传达情感或暗示心理，带出不能直接描写的信息。在《已故上校的女儿》中，曼斯菲尔德一个场景接一个场景地向我们展现了两姐妹天真烂漫的天性，然后我们才逐渐认识到她们都已经 40 多岁了。曼斯菲尔德从不总结或评判她故事中的人物，但读者比故事中的任何人都更同情康斯坦莎和约瑟芬。

但是，如果通过背景设定、姿态与动作和不同的细节来加强对话，有时也会成为一种负担：

> "你想要一些沙拉吗？"理查德问维罗妮卡。他从小到大只见过球形生菜，这些球形生菜看起来像从未见过太阳，直到他长大后才发现，原来有这么多绿叶蔬菜。他现在最喜欢吃的是芝麻菜，又苦又辣，叶子是锯齿状，看起来想在上面印上自己的牙印。但如果你在去年春天问他最喜欢什么蔬菜，他会热情地告诉你是紫莴苣，他母亲声称这是梵蒂冈的一位园丁发现的植物……

如果处理得当，这种题外话可能成为点睛之笔甚至令人愉悦。但是，如果写得太长，或者太频繁，可能在维罗妮卡回答之前，我们就已经忘了理查德的问题——大多数时候的确如此。在尼古拉斯·贝克（Nicholson Baker）的短篇小说《夹楼层》（*The Mezzanine*）中，叙事者不断离题、沉思，当他把主题从大厅转向夹楼层时，小说才开始。

另一种极端情况是，对话就像我们在温布尔登网球公开赛上看到了足球赛的凌空抽射——一页纸上只有一行或两行对话，没有情景提示、总结、插入语：

> "你对狗做了什么？"约翰说。
>
> "什么都没做。"莉娜回答道。
>
> "我看见你扯了他的耳朵。"
>
> "他的毛里夹着一片树叶。"
>
> "什么样的树叶？"
>
> "你问什么样的树叶？这样的问题有什么意义？到底是一片棕色的叶子，还是一片死去的叶子，谁在乎呢？"
>
> "兽医说阿尔菲的身体非常健康。"
>
> "直到他倒在沟里并失去生命。所以你想给非常健康下这样一个定义？"

这种类型的对话节奏非常快。乔治·希金斯（George Higgins）在他的经典惊悚片《线人》（*The Friends of Eddie Coyle*）中巧妙地运用了这类对话。然而，使用这种快速对话的风险在于，读者可能会错过其中的含义和潜台词。停顿、演讲之间的间隙，能够让场景慢下来，让我们更深刻地认识正在发生的事情，跟随人物的情感而动。在第一人称或近距离第三人称的叙事手法中，这些停顿通常暗示了叙述者的想法。以下是罗伯特·斯通（Robert Stone）的故事《帮助》（*Helping*）中艾略特和妻子格蕾丝的一幕：

> 她走进厨房，坐在桌边脱靴子。她那瘦削、布满雀斑的脸冻得通红，她的眼睛显得很疲倦。"我希望你把那些滑雪板放在谷仓里，"她告诉他，"你从未使用过它们。"
>
> "我一直想，"艾略特说，"我想早晨去滑雪。"
>
> "嗯，可你一直没去。"她说。"你回家多久了？"
>
> "刚到家。"他说。她明说他从没在早上滑过雪激怒了他。"我在康威图书馆停了下来，去借阅牛津新版的《古典世界》。坎迪斯想看。"
>
> 她的表情开始变得不安起来。她从他的声音里听出了什么。带着些许恐吓后苦涩的满足感，艾略特知道妻子闻到了一丝威士忌的味道。
>
> "噢，老天，"她说，"我不相信你说的话。"
>
> 他想，到此为止吧。让我们听首歌，跳支舞。

值得注意的是，斯通如何利用艾略特的想法，让我们了解到他所说的"我在康威图书馆停了下来"和他感受到的"愤怒"之间的分歧。在最后几行，我们同样是通过艾略特的想法，了解到他的妻子格蕾丝"闻到了威士忌的味道"。

当人物透露太多信息时，这样的插入可能会让对话看起来不太自然或解释性的文字太多。我承认我对这个话题带有偏见。我所处的文化环境认为，谈论自己的感受是不好的。比如说，我父亲在某个圣诞节差点死于肺炎，之后他写信给我，却只是说自己有点不舒服。在日常生活中，人们往往出于各种原因不愿透露自己最深的感受：羞耻、胆怯、害怕没人聆听、害怕被别人听到。在艾略特与格蕾丝的交流中，夫妻之间不想说、不能说或不愿说的事情，是双方交流中最重要的方面。

而乔治·赫伯特诗歌《衣领》的一大乐趣就在于，叙述者用大白话的形式展现了对神的热情。

在写对话时，我们不仅要选择人物说什么，还要选择他们说的方式。嘘。请安静点。你给我闭嘴。小声一点。沉默。闭嘴。请大家听我说好吗。

这些话都传达了同样的基本信息，但表达的形式不同。很明显，说话者及（或）情境是不同的，比如一个女人可能会对她的孩子说"嘘"，然后对她的丈夫说"你给我闭嘴"，不同的情况下语义是不同的。如果丹尼斯·约翰逊（Denis Johnson）的演员说"嘘"，或者爱丽丝·门罗笔下的乡下寡妇说"闭嘴"，我们会感到惊讶，也可能会愉快。写对话时，我们需要为每个人物设定措辞的层级。一个人物会使用高级的措辞，还是低俗的措辞，抑或两者混用？一个 8 岁的孩子会说"荒谬"一词吗？在我的小说《罪犯》（*Criminals*）中，我有一条不成文的规矩，即任意两个人物不能使用相同的脏话。

我们常常会发现自己进退维谷，既想创造出强大、原创的人物，又担心其是否与读者的预期吻合。

我们让人物谈论一些有趣或有见地的话题，但突然间，读者觉得查塔努加市的超市收银员不应该使用"认证"这个词，或缅因州的渔夫不会引用华兹华斯的《不朽颂》。作者试图超越刻板印象，读者却紧抓不放。

关于创作对话，有一些研讨会提出的建议毫无益处，这条建议就是：她或他决不会那样说话。研讨的初衷可能是好的，为了写出好的对话而努力也是值得的，但在开始写出那些平淡的对话之前，我们完全可以试着加强人物的性格。是的，大多数渔夫不喜欢浪漫主义诗人，但这个渔夫例外，12岁时，他的外祖母带他游览了华兹华斯所在的湖区。

场景和叙事之间交替可以带来节奏，但对话中也有一种内在的节奏。许多作家以几乎相同的长度、相同的方式来描写场景，而不考虑故事和人物。在这样的故事中，每个人物都会发表两行或四行讲话，每个人都会回答、停顿，或交叉双臂。改善对话的一个关键点是弄清楚并跳出写作的既定模式。我们不希望所有的人物都像菲利普·罗斯（Philip Roth）《人性的瑕疵》（*The Human Stain*）中的人物那样，用超长的篇幅来说话——如果有需要，我们的人物当然也可以这样说话。不过，最好还是简洁一些吧。

我写对话的另一个原则，偷师于福特·马多克斯·福特（Ford Maddox Ford），即人物之间不应该总是互相对答，或者说，应该以出人意料的方式回答对方：

> "你的牵牛花看起来很漂亮，阿什顿。"我说，一面挥舞着雨伞，一面朝她那华丽的窗框走去。
>
> "我注意到你的孙女这个月没有来，"她说，"上个月也没有。"

过于严格地遵循这一规则，也可能写出令人恼火的不真实的对话，但在现实生活中，人们的确常常无法直接回答问题和给出评价。人物之间的一问一答，可能会导致对话内容变得容易预测和太好解释，从而让场景变得毫无生气。

* * *

到目前为止，我都是以口语的形式逐字逐句地写对话，但还有另一种重要且非常有用的方式，就是间接转述。很多时候，读者不应该被人物所说的每一句话所束缚。

"茱莉亚开始阐述火箭的科学原理。""詹姆斯开始讲他侄子在学校话剧中的表演。"间接引语允许作者以一种有说服力的方式进行总结，同时还能使读者联想到人物所说的话。在引用和总结之间不一定二选一：

> 我母亲从来没有说过大自然一句好话。在经历了一个漫长而又艰难的冬季，五月天气最暖和的一个夜晚，我们五个人在桥上看我哥哥钓鱼。母亲说，她听说毛茛会释放出一种危险的气体。"而紫丁香，"她继续引申，"对乳糖不耐症患者来说可能是致命的。"

在这里，我把间接引语，也就是读者不想听到的长篇大论和母亲的简短对话结合起来。

这就引出了我所谓的"迷你场景"：在叙事段落中插一段对话或引语。爱丽丝·门罗和威廉·特雷弗（William Trevor）都是这种方法的大师。举个例子，特雷弗在他的著名故事《浪漫舞厅》中写道：

> 但是到了星期六的晚上，布里迪已经忘记了苏格兰的草地和泥土。在父亲的鼓励下，她穿着平日不会穿的衣服骑车去舞厅。"这难道对你没好处吗，我的女儿？""你为什么不好好享受一下周六的夜晚呢?"她给他煮好茶，然后他就会坐下来听收音机，或者读

一本关于西部荒野的小说。

从父亲的言辞、热情和幽默中，我们对他的性格，和他与布里迪的关系有了更形象的认识，而不是简单地读到他对布里迪的鼓励。

＊　　＊　　＊

礼仪与态度，无论好坏，在对话中都起着至关重要的作用。一位编辑曾抱怨过我早期的小说，说我所有的人物似乎都是善良的英国人，总是不停地为别人斟茶。在日常生活中，礼貌是一种美德。我们希望人们互相问安，说"请"和"谢谢"，谈谈天气。但在书页上，礼貌会变得十分乏味。态度粗鲁，或至少省去繁文缛节，有时是必要的。

让态度成为小说中的必要元素。一旦一个人物表现出态度，你就不需在每次人物切换中都强调他是谁。另外，一个粗鲁的角色突然变得彬彬有礼，或一个彬彬有礼的角色变得粗鲁，也是非常有趣的。

电话礼仪对当代作家来说是一种特殊的挑战。在生活和小说中，人们经常在电话中对话，我们（通常）只能看到一个人物出现：

威尔弗雷德数到三声，然后拿起电话。"你好。"

他说。

"你好,"对面响起一个女人的声音。"我是凡妮莎。"

"凡妮莎,你好吗?我好久没有你的消息了。"

"我挺好的。我上周感冒了,但现在好多了。你最近好吗?"

"我很好,真的很好,谢谢。你有什么事吗?"

"没什么事,我只是想给你打个电话。我昨晚看见玛德琳了。"

如果没有潜台词,这种对话很快就会变得乏味,这样的对话,加上身份问询和寒暄,很快就会让故事陷入停滞。

不得不说,粗鲁的对话或者含蓄的对话,在对话描写中非常有必要。就像我们经常忽略旅途中单调乏味的细节一样,我们也可以忽略为对话铺路的开场白。

* * *

关于对话还有最后一个问题。在本章开头,我提到了一种传统的说法——对话是人物直接面对读者的机会。我认为这非常正确,但我也认为,除了人物、故事的需要外,对话更是以间接的方式,深深地植根于作者叙述的声音之中。因此我们很难想象,将伊丽莎白·鲍恩与格雷厄姆·格林（Graham Greene），或者将茱莉亚·阿尔瓦雷斯（Julia Alvarez）与朱诺·迪亚兹的对话进行对调。

　　我很少见人们探讨叙事者的声音和对话之间的这种关系，以及这种关系是如何运作的。大多数与我一起提出这个话题的作家，似乎都不知道自己的声音在多大程度上影响了笔下的人物。当然，大多数读者也没有注意到这种私密的联系，只有在一些极度明显的例子中才会注意到，比如在海明威的《一个干净明亮的地方》（*A Clean Well-Lighted Place*），理查德·布劳提根的《1/3，1/3，1/3》，或者格雷斯·佩里的《树的信仰》（*Faith in a Tree*）中。但如果你把自己最喜欢的六名作家所写的场景和叙事一页页排开对比，我想你就会开始看到这种联系。

　　黛博拉·艾森伯格（Deborah Eisenberg）的小说《另一个，更好的奥托》（*Some Other, Better Otto*）就是一个好例子，展现了对话和叙事者话语之间得当的衔接：

　　　　谁对谁好？这个问题往往会发展为一种炫耀。当科琳提前一周打电话说感恩节的事时，奥托警觉地说："恐怕，我们已经有客人了。"

　　　　科琳的沉默就像一面镜子，把他那小小的、无害的谎话放大并折射回来，上面覆满了黏糊糊的头发和微生物。

　　"好吧，我看看该怎么办。"他说。

　　"请尽量。"科琳说。这句话带有不容置疑的权威，就像突然出现在拐弯处"小心落石"的路标。"奥托，孩子们都长大了。"

　　正如在《帮助》中的艾略特一样，奥托的想法和感受，与他实际想对妹妹所说的话之间相差甚远，这使这些普通的对话显得意味深长，成了故事情节和主题的一部分。同时，第三人称口吻的巧妙使用，也为我们展现了奥托的口才。整个故事揭示了奥托的情感，也展示了艾森伯格独特的感知力。

　　或许对话和叙事之间的这种关系过于密切，对每个作家来说都如此特殊，以至于不能把它作为一种技巧来看待。也许我们应该在济慈的"消极能力说"中找到慰藉，这种令人向往的精神状态允许一个人拥抱"不确定性、神秘、怀疑，而不去追求事实和理性"，但我仍然觉得存在更多探索的可能。玛丽莲·罗宾逊（Marilynne Robinson）在这个复杂的问题上提供了一些指导。在她的教学和访谈中，罗宾逊经常提到人物、叙述者和作者意识之间的问题。我的直觉是，对话和叙事之间的秘密联系，使我们将意识寄托在更深层的地方。希拉里·曼特尔（Hilary Mantel）的长篇小说《狼厅》（*Wolf Hall*）成功的一点是，她能够用对话和叙事交织的方式，展示 16 世纪的人是如何思考和说话的。这两种声音交织在一起，形成了一种独特的意识体。

我们笔下的人物为自己发声，有了自己的生活，但他们也生活在我们创造的过去、现在和未来的世界里。作为小说家，我们的任务是在叙事和对话中磨炼我们的笔头，使我们的人物能自如地、真实地说话，面向现实与虚构的世界说话。

第五章

哪怕只活一天

从弗吉尼亚·伍尔夫的角度谈美学

> 她总有一种感觉，即便只活一天，都是极度危险的。
>
> ——《达洛维夫人》(*Mrs Dalloway*)

弗吉尼亚·伍尔夫 1941 年去世，在她去世这么多年后，她的名字仍然被作家和读者熟知。

她是文学史上了不起的作家之一，著名的戏剧（和电影）以她的名字命名；《一间自己的房间》(*A Room of One's Own*)是经典的女权主义著作；她被尊称为最伟大的现代主义小说家——事实上，她是零星的铸就现代主义小说的作家之一。所有这些成就，都可能让我们忘记，在她死后的 30年里，她一直被视为一个边缘人物。即使现在，我也不得不说，在大学教室之外，知道她名字的人多，读她书的人少。

《到灯塔去》（*To the Lighthouse*）是伍尔夫最重要的一部小说。这是一本值得琢磨，散发着光辉，难以企及，又十分真实的书，是一本值得我们关注的书，也是一本许多作家不论是否喜欢，不论是否了解，都受益于它的书。

与伍尔夫其他经久不衰的作品一样，《到灯塔去》将深刻的自传体素材与清晰的美学完美结合在一起。在所有独具风格的作家中，她是最值得仔细探讨的。她在写作和修辞方面有太多可以传授给具有实践经验的作家。通过探讨她阐释美学原则的方法，研究她如何利用这些原则来组织素材，我们能学到最好的写作方法。

每个作家都有一套美学观念，即使它们没有被完全表达出来。但我和我的朋友很少引用这些美学观念来捍卫、阐释我们的作品。我想，我们中的大多数人或许还没有想清楚自己写作的目的。我们主要是在现实主义的传统中创作，而关于现实主义的传统，还有必要提及吗？我认为答案是肯定的。正如伍尔夫在书信、散文和评论中所写的那样，我们要弄清楚自己的信仰是什么，并思考如何在小说中体现它们。

或许"美学"这个词听起来让人生畏，所以我会提一个更实际的方法。

让我们以伍尔夫为例，问自己四个问题：

1. 哪位作家，能为我们提供最好的写作教育？

2. 作为一名读者，思考是什么让人物栩栩如生？作为一名作家，思考如何才能塑造出这样的人物？

3. 在我们的小说和故事中，我们能捕捉到这世上的什么新奇的东西？

4. 前三个问题的答案如何帮助我们组织熟悉的素材，避免作品最后成为作者自传的风险？

伍尔夫的写作生涯都在与这些问题较量。这是她个人的灯塔之旅，她需要应对各种智力方面的挑战，同时解决来自家庭的问题。怪不得拉姆齐先生花了整整 10 年的时间，才终于靠岸。

* * *

弗吉尼亚出生于 1882 年，她把这一时期描述为"一个人们热衷于交际、精通文学、热爱写作、喜欢拜访他人的 19 世纪末的世界"。她的父亲莱斯利·斯蒂芬爵士（Sir Leslie Stephen）是一位作家和文学评论家。在她出生的那一年，他正着手编纂《英国人物传记辞典》（*Dictionary of National Biography*）。1902 年，这本词典为他赢得了爵士头衔。

她的母亲茱莉亚·达克沃斯（Julia Duckworth）是一位非常漂亮的女士（当时她似乎还有一份全职工作），与著名摄影师茱莉亚·卡梅伦（Julia Cameron）有亲戚关系。茱莉亚和莱斯利开始这段婚姻关系时，两人都分别失去了曾经的伴侣和已有的两个孩子。茱莉亚和莱斯利后来又生了四个孩子，弗吉尼亚是老三。伍尔夫后来写道，在充斥着喧闹的家庭里，她几乎记不起曾和母亲单独相处过。

她的童年在两个地方度过，伦敦的大房子和位于康沃尔的租的房子。每年夏天，他们全家都会到海滨小镇圣艾夫斯住上几个月。1895 年 5 月，茱莉亚去世，弗吉尼亚 13 岁，这场一年一度的度假活动突然结束。这座田园牧歌般的房子，临近大海，可以遥望灯塔，由于在路上永远会迷路，灯塔变得更加令人向往。经历第二次丧偶的父亲莱斯利，以绝望的专横来哀悼自己的妻子。莱斯利不允许其他人悼唁妻子，实际上也没人好好悼念她。弗吉尼亚很早就学会了审视自己的情绪，她发现自己的情绪有缺陷。她同父异母的姐姐斯黛拉开始掌管家务，但在 1897 年，婚后几个月，斯黛拉也突然去世了。"我们从未提起过他们，"弗吉尼亚写道，"我还记得托比在提到一艘名叫'斯黛拉'的船时有多么尴尬，他在避免说到'斯黛拉'一词。"（托比是弗吉尼亚的兄长，1906 年死于伤寒。）

当她的兄弟们相继上学并前往剑桥求学时，弗吉尼亚和她的姐姐凡妮莎——也就是后人熟知的画家凡妮莎·贝尔，开始在家接受教育，并打理父亲的图书馆。尽管弗吉尼亚在她的日记里写，如果她的父亲没有死，就不会有她的小说，她也不会开始工作。但因为父亲对她们的严格教育，给了她们非同寻常的知识和自由。1904 年，父亲死于癌症后，这四个兄弟姐妹搬进了伦敦附近一所名叫布卢姆斯伯里的房子。亨利·詹姆斯，这个家庭的老相识，对他们波希米亚式的生活方式感到震惊。弗吉尼亚开始公开发表评论，哥哥托比和弟弟阿德里安也常带着他们的大学朋友回家参观。在这些年轻人中，包括伦纳德·伍尔夫。1912 年弗吉尼亚与伦纳德结婚，也就是这一年，泰坦尼克号沉没，斯科特船长抵达南极，托马斯·曼（Thomas Mann）出版了《魂断威尼斯》（*Death in Venice*）。

结婚后的第一年，弗吉尼亚完成了她的第一部小说《远航》（*The Voyage Out*），并经历了第三次精神崩溃，在这期间，她第二次尝试自杀。在这里，我感谢赫敏·李（Hermione Lee）的精彩传记，她写道：伦纳德把弗吉尼亚的病当作自己一生的著作。

"他记录了她的病情，"李写道，"和他做工党国际关系咨询委员会的会议记录一样，正直、一丝不苟、力求客观。"他尝试避免弗吉尼亚受到过度刺激或过度疲劳的影响，用弗吉尼亚的话来说，这两种情况贯穿了她的一生。不要孩子是伦纳德的决定。1941 年 3 月 28 日，弗吉尼亚被脑中的声音逼得绝望，她在口袋里装着石头，走进了奥斯河中，享年 59 岁。丈夫伦纳德在她去世后活了 25 年。1965 年，他去看了爱德华·阿尔比（Edward Albee）的戏剧，他允许阿尔比使用他的妻子名字创造戏剧[1]，并表示自己被剧中的乔治和玛莎，以及无子女的主题所感动。他的谨慎态度令人钦佩，又令人恼火，他从未透露他们在漫长的婚姻中是如何协商这些问题的。

* * *

我提到这些细节，并不是想使这位作家显得病态，但正是伍尔夫与他人的关系，造就了她的想法，她敏锐的意识一直在努力寻找一种语言来表达那些挣扎的时刻和她的精神、身体状态。这些挣扎的时刻和状态，就是她美学的核心，它们影响着她所有的成熟作品。在 1937 年的《岁月》(*The Years*) 出版前不久，她在日记中写道：

> 我多么希望能写下此刻的感受，多么古怪，多么令人讨厌……一种身体上的感受，仿佛我的血管里有轻微的鼓点在响动：非常寒冷、无力、恐惧。就好像我被暴露在高高的平台上。非常孤独。我出去吃了午饭。凡妮莎有了昆汀，她不要我了。很无力。我周围没有了空气。没有话想说。非常焦虑。好像有什么冷冰冰且可怕的事情要发生似的，席卷而来的大笑，仿佛在嘲笑我。我无力抵挡它，我也无法保护自己。

---

[1] 此处指的是爱德华·阿尔比的戏剧作品《谁害怕弗吉尼亚·伍尔夫》。——编注

据伍尔夫的外甥昆汀·贝尔说，她无法忍受在精神崩溃期间记录自己的精神状态，她说得最多的是身体上的症状，击鼓似的咚咚声、寒冷、无法呼吸等，伴随着她的疾病。

尽管伍尔夫在婚后的头几年身体不好，但她和伦纳德成了同事和伴侣，共同工作，打开了广泛的社交圈。1927 年，发表《到灯塔去》时，她已经 45 岁了。正如她自己所承认的那样，她比英国任何其他作家都更自由，这与其说是因为她的名声，不如说是因为她的作品出版得很顺利，霍加斯出版社（Hogarth Press）是她和伦纳德从 1917 年开始一起经营的。如果伦纳德觉得可以，那么作品就可以出版。1922 年，他认为《雅各布的房间》（Jacob's Room）是她最好的作品，一部天才之作。1925 年，他又认为《达洛维夫人》才是她最好的小说。而 1927 年，伍尔夫在日记中写道："伦纳德读了《到灯塔去》，说这是我最完美的书，是一部'杰作'。他称之为全新的'心理诗'，这是他取的名字。"我们希望每个作家都像伍尔夫一样有自己的伦纳德。

伍尔夫不仅有不同寻常的自由，她也非常高产。作为一名作家，她写小说；作为一名评论家，她发表了近 500 篇评论、随笔和演讲稿。她在日记中常常抱怨："我为什么又在这里写？"她总是重复地自我询问。她一生写下了数以百计的书信，这些书信让我们对她的写作方法有了非常深刻的了解。

此外，通过霍加斯出版社以及她所发表的评论，她与其他作家建立了密切的联系，并对文学和艺术的发展有了敏锐的意识。尽管她很有创造力，但她早期的作品并不成熟。直到将近 40 岁，在第一次世界大战后出版的《雅各布的房间》中，她才感觉终于发出了自己的声音，发现了自己的想象力。在《达洛维夫人》出版的前一年，即 1924 年，伍尔夫发表了一篇著名的文章——《班纳特先生和布朗太太》（*Mr. Bennett and Mrs. Brown*），为自己的美学思想提出了有力的论据。她在文章里描述了三类作家：维多利亚时代的作家，她很钦佩他们；她的前辈们，即爱德华时代的作家，如班纳特先生（Mr. Bennett）、高尔斯华绥先生（Mr. Galsworthy）和赫伯特·乔治·威尔斯（H. G. Wells），她对他们的作品表示痛惜；而对于自己和同龄人，她称之为佐治亚时代的作家，我们称之为现代主义作家。伍尔夫最后还列举了其他作家，包括 E. M. 福斯特、D. H. 劳伦斯（D. H. Lawrence）、里顿·斯特拉奇（Lytton Strachey）、詹姆斯·乔伊斯〔霍加斯出版社曾因《尤利西斯》（*Ulysses*）篇幅太长而拒绝过乔伊斯〕和 T. S. 艾略特（T.S. Eliot）（在艾略特将自己的作品带到其他出版社前，霍加斯出版社曾短暂地出版过他的作品）。

名单上没有女性作家这一项，但伍尔夫含蓄地把自己、凯瑟琳·曼斯菲尔德和伊丽莎白·鲍恩都写在其中。在《班纳特先生和布朗太太》的结尾处，她写道："我将做最后一个非常草率的预测——我们处在英国文学伟大时代的边缘。"

事实上，到 1924 年，这一预测成为现实。

伟大的文学时代已经完全到来。

伍尔夫标志性的作品，《一个自己的房间》和《班纳特先生和布朗太太》都以谈话开篇，清晰地保留了伍尔夫的话语。她首先提出：房间里的每个人都是人物的评判者，这有待商榷。"在 1910 年 12 月，人性发生了变化。"1910 年，哈雷彗星被发现，托尔斯泰去世，乔治五世继承了爱德华七世的王位，伍尔夫的朋友兼画家和评论家的罗杰·弗莱（Roger Fry）打造了印象派画展——现在，印象派已经为人们所熟悉，没有什么革命性或艺术代表性可言了。但在过去——一朵玫瑰美丽至极，娇艳欲滴，它就是玫瑰本身。突然间，谁看到了玫瑰，他是如何看到玫瑰的，这个主题开始变得和玫瑰本身一样重要，有时甚至比玫瑰本身还重要。在《到灯塔去》中，当画家莉莉·布里斯科询问拉姆齐先生的作品是关于什么的时候，他的儿子安德鲁回答说："有关主体、客体和现实的本质。""莉莉脱口说出'天哪'，她根本不知道那是什么意思。'那么假设一下，当你不在厨房的时候，'他对她说，'就想象那里有一张餐桌。'"

《班纳特先生与布朗太太》的核心是关于人物的讨论：人物是什么，以及如何最深刻、最真实地把人物展现在书面上。伍尔夫反对爱德华时代作家们模糊的说教，她认为这些说教掩盖了而不是揭示了人物的性格。她和她的同伴都是新现实主义者，他们试图描绘人性和当代世界的转变。几年后，德国物理学家维尔纳·海森堡（Werner Heisenberg）发表了后来被称为不确定性原理（Uncertainty principle）的理论，但在这之前，伍尔夫就很清楚，不确定性将成为 20 世纪的主导原则。在《到灯塔去》结尾时，小说中的一个人物认为："没有什么事是简简单单的"，这句话可以作为这个难懂的作家的人生和她小说的代名词。

伍尔夫在工作中不断地尝试回答两个问题：如何随年龄的增长积累经验，保持女性的感性。她会担心没有人喜欢她的帽子，也会担心没有人喜欢她的小说。她能把这两种担心都写进作品中吗？这是一个在那个年代把头发"剪短"的女作家，剪短头发是她一生中最重大的事件之一。她说，从后面看，她的头发就像鹪鹩的尾翼。这也是一位声称女性必须发明一种新的句法，写作时必须"雌雄同体"的作家。

她希望《达洛维夫人》成为一本了不起的著作，她也为这本书成功赚到在乡下安装室内厕的钱而兴奋（她和伦纳德喜欢向客人展示厕所的冲水效果）。1925 年 5 月 14 日，《达洛维夫人》被出版的那天，她在日记中写下了对另一部小说的构想：

> 事情进展得十分顺利。我完成了父亲的人物设定，并把母亲、圣艾夫斯、童年，其余一切都放进了小说

里。当然也包括生、死。但中心是父亲这个人物，独
自一人坐在船上，一边碾碎垂死的鲭鱼，一边念叨着
我们都将消逝。然而，我必须克制。我必须先写几个
小故事，让灯塔在茶点和晚餐之间保持熹微之光，直
到完成故事为止。

后来她告诉凡妮莎，当她到伦敦凡妮莎家旁的塔维斯托
克广场（Tavistock Square）上散步时，《到灯塔去》的灵感
就猛然间来了。

注意"完成"一词，在上一段中使用了两次，这是伍
尔夫美学词汇中的一个重要词语。对她来说，一部好小说是
一部完成的小说，我们可以把它完整地记在心里，当我们
读到结尾时，我们会想立刻重读一遍，以便更深刻地理解
它。她以劳伦斯·斯特恩（Laurence Sterne）的《项狄传》
（*Tristram Shandy*）和简·奥斯汀的作品作为例子。她说，当
你想到一部伟大的小说时，你就会想到小说里"某个在你看
来如此真实的人物"，然后你会想到通过这个人物的眼睛所
看到的一切——"宗教、爱情、战争、和平、家庭生活、乡
间小镇的舞会、日落、月亮升起，不朽的灵魂"。她认为，
小说家的任务是通过人物向我们展示人和这个世界。

在接下来的几个月里，在快速地构思之后，伍尔夫开始
为这部小说收集素材，等待它变"丰满""深厚"。她写道：

"整个故事都会贯穿着大海的声音。"她担心这一主题可能会有些感伤——这是伍尔夫最大的缺点之一——一位评论家曾以此评价《达洛维夫人》。她在思考《到灯塔去》到底是一部小说，还是其他的东西，也许是一首挽歌？

1925 年 8 月，她计划将这部小说将分为三部分：第一部分将会有"一种等待和期盼的感觉：等待去灯塔的孩子、等待这对夫妇归来的女人"。第一部分和第三部分结合，将成为一个"有趣的实验……给人一种 10 年的时间已经流逝的感觉"。她还记录到，小说的重点已经从拉姆齐先生转移到了拉姆齐太太，其中还暗藏了新作品结构的一个小草图：

* * *

"两个部分之间有一条走廊。"这条走廊是 10 年之间的部分，包含了她想写的所有抒情段落，以防止打断其他部分的叙事。

伍尔夫对这部小说的谋篇布局让我钦佩。像很多我认识的作家那样，我没有（到目前为止）为作品提前写大纲的习惯。我在心中设立了一个目标，然后开始写，但抵达的路线是很模糊的。我担心任何为小说绘制路线的尝试，都会使那些未完成的页面变得荒谬和可笑。但伍尔夫一点也不害怕设定目标和留下印记。我在想她是否看过亨利·詹姆斯的笔记，詹姆斯曾在笔记中写出了几部著作的主要情节，他喜欢一遍一遍地重温这些情节，直到小说的心理脉络最终变得清晰。

当我们深入阅读《到灯塔去》时，还有一件事我们需要牢记，那就是伍尔夫反对爱德华时代的作家。她说，他们想从读者那里得到一些东西。他们的作品是不完整的，他们强迫我们走出书本。"我相信，"她在《班纳特先生和布朗太太》中写道，"所有的小说……在描写人物时，都是为了表现人物的性格，而不是宣扬教义，不是唱歌，也不是歌颂大英帝国的辉煌。这也是小说从笨拙、冗长、平淡无奇进化得如此丰富、富有变化、生动活泼的原因。"这篇文章描述了一次从里士满到伦敦的短途火车旅行，以及伍尔夫对两位乘客的观察：一个60多岁的女人，她称她布朗太太，还有一个40多岁的男人，她给他取名为史密斯先生。从对他们外貌细节的观察和无意中听到的谈话，她创造了人物丰富的内心活动和戏剧性的历史。第一次读到这篇文章时，我以为这篇文章的大部分内容都是虚构的，直到后来，我看到作家奈杰尔·尼科尔森（Nigel Nicholson）生动地讲述了伍尔夫在他小时候，如何利用他们遇到的陌生人来编故事，以逗他开心。

《到灯塔去》的确给部分读者留下了"笨拙、冗长、缺乏戏剧性"的印象。正如一位早期的评论家所说的那样，这是一部什么事都没有发生的小说。

小说的三个部分都是以第三人称叙述的，编了号的小节，有的只有几行，有的有十几页，每一部分都发生在同一地点，也就是海边的一所大房子里。伍尔夫写这座房子位于苏格兰的赫布里底群岛，但她也没有试图掩饰她深爱着康沃尔郡。

第一部分"窗口"（"The Window"）讲述了拉姆齐夫妇和他们的 8 个孩子、宾客、仆人在一个傍晚的生活。小说的视角在不同的人物和无所不知的叙事者之间自如地转换。对于读者，必须得好好关注开头几段，因为伍尔夫几乎忽略了正常的界限，把曾经和现在的所有事实、思想和感受都汇集在冗长且曲折的句子中。是的，如果一切安好的话，拉姆齐太太告诉她的儿子詹姆斯，他们明天可以到灯塔去。

在随后的 120 页的篇幅里，拉姆齐先生和夫人一直在争论，然后和解。我们看到拉姆齐先生的疑惑：自己是天才吗？在知识的字母表中，是否能学到 Q 的难度？他的书会流传后世吗？这也是伍尔夫向自己提出的问题。通过客人的眼睛，我们看到了拉姆齐太太的魅力和拉姆齐太太对自己丈夫的洞察力。与此同时，在花园里，30 多岁的单身女性莉莉·布里斯科正在努力画一幅房子的画像。

当晚的高潮是精彩却又毫无惊喜的红酒炖牛肉大餐。而这顿晚饭一开始就注定是一场灾难。"似乎什么都没有融入在一起，"拉姆齐太太想，"大家都分开而坐。"在烛光和美食的陪衬及莉莉的帮助下，大家终于聚集在了一起。就在那一瞬间，生活的混乱被完美地避开，每个人都被困在一张金色的网里，融合在一起，完美无缺。这种统一正是莉莉的画作想要实现的，也是拉姆齐先生努力的方向。伍尔夫形容这一幕场景是她写过的最好的场景之一，这是她的写作方法的胜利。

第二部分，"时光流逝"（"Time Passes"）也就是前面提过的小说的"走廊"部分，在同一个傍晚，人物们开始上床睡觉。伍尔夫有意地应和了爱德华·格雷爵士（Sir Edward Grey）在第一次世界大战前夕的名言："整个欧洲将要面临一片黑暗，我们在有生之年再也看不到那些明灯重新燃起来了。"在接下来的 16 页，她讲述了 10 年间拉姆齐太太的去世和两个孩子的生活。小说对死亡的处理很简单："拉姆齐先生在一个黑暗的早晨，跌跌撞撞地走过一条走廊，他伸出双臂，拉姆齐太太在前一天晚上已经突然去世了，他伸出双臂，但什么也没拥抱到。"我们不难想起伍尔夫家死去的兄妹，伍尔夫说："我们从不谈论他们。"

"时光流逝"部分花了很大篇幅描写这栋房子。在 10 年间，这栋房子几乎快被大风和糟糕的天气摧毁，直到拉姆齐一家的回归才拯救了这栋房子。这段文字是伍尔夫在1926年英国的大罢工期间写的，罢工的黑暗和混乱潜入了她的作品：拯救了房子的妇女被认为是斯多葛派劳动人民的代表。

第三部分"灯塔"（"The Lighthouse"），就像第一部分"窗口"一样，发生在数小时之内。久拖未决的灯塔之旅终于成行。故事在拉姆齐先生和他的两个孩子乘船驶向灯塔，莉莉·布里斯科在花园里再一次挣扎着画这栋房子之间交替进行。莉莉一边画画，一边想着拉姆齐太太，拉姆齐太太生前的身影在她脑海中浮现。伍尔夫对拉姆齐夫人的描述既有对母亲的回忆，也受到了她与作家维塔·萨克维尔－韦斯特（Vita Sackville-West）的婚外情的影响，在她写这篇文章的这几个月里，她正在与韦斯特热恋。

小说的结尾，拉姆齐先生抵达了灯塔，莉莉完成了她的画作。"突如其来的一阵情绪，仿佛瞬间看清了眼前的景象，她在画布上添了一笔。画作完成了，终于大功告成。是的，她极度疲劳地放下了画笔，心里想着：我终于画出了脑海中的盛景。"这是小说中的最后一句，与小说开头的第一句相呼应。

在《班纳特先生和布朗太太》中，伍尔夫带领爱德华时代的作家去完成塑造人物的任务。"我向他们提问，该如何描写这个女人的性格？他们都是长者，是比我更好的作者。

他们回答道：'开篇应该先写父亲在哈罗盖特开了一家商店。确定租金，查明 1878 年店员的工资。展示她母亲的死因。然后描述癌症，描写印花棉布……'"伍尔夫接下来阐述了佐治亚时代的作家们做出的巨大努力，他们努力讲出真相，努力与过时的写作技巧斗争。她说，詹姆斯·乔伊斯就像一个为了呼吸而打破窗户的人。"我们必须反思，"她说，"如果我们花了那么多精力去寻找一种讲述真相的方法，那么真相也一定会在混乱中浮现。"这篇文章用了好几页专门讨论作家和读者之间的契约关系。她敦促读者提高对作家的要求："布朗夫人，你的责任就是坚持督促作家从小说的主旨出发，用优美的笔触写作，如果可能的话，如实地写作也是必要的……但不要指望她现在就为你呈上一部完美的杰作。"

当伍尔夫发表这些言论时，她还没有开始创作《到灯塔去》，但这一席话能帮助我们了解她对读者的看法。读者需要追求美和真理，但他们不能期望作者按他们的要求进行创作。伍尔夫在一封给姐夫克莱夫·贝尔（Clive Bell）的信中说："我发觉自己缺乏让小说变得有趣的天赋。"她意识到，理想的情况，是让读者从小说中获得快乐，但更重要的是小说能表现故事的复杂性。拉姆齐先生到达灯塔时的描述很好地体现了伍尔夫的抱负和成就："他站起来，站在船头，笔直而修长，眺望整个世界，詹姆斯想，他好像在说'上帝是不存在的'，卡姆想自己仿佛跳入了太空。其他人也随着他一样跳了起来，像年轻人一般，他拿着包裹站在岩石上。"为了完成这一时刻，伍尔夫需要展示詹姆斯、卡姆和无所不在的叙事者的视角。我们把她的人物根植在意识深处，跟随着她从一个人物走向另一个人物，尽管我们对这些人物几乎一无所知。伍尔夫不相信说明文体的意义，但她十分相信意识、联系和完整性的重要作用。

　　这种美学的选择也可以解释为什么她最著名的小说《达洛维夫人》和《到灯塔去》只描写了几个时间段——前者只描写了一天中的故事，后者也只描写了几个小时，还有 10 年后所发生的事。在《回忆随笔》（ A Sketch of the Past ）一文中，伍尔夫写道："当现在以过去为支撑时，它的深度是现在的一千倍，当它逼得如此之近时，你感觉不到任何其他东西。"她没有时间去完成那些需要几天和几周时间才能完成的传统情节架构。对伍尔夫来说，这部小说的兴奋点和重要性在于，它能让我们深入到她笔下人物的意识中，并通过他们的眼睛看这个世界。如何写出同一时刻每个人，同时经历的那么多事？

　　作为作家，我们中的许多人可能需要在小说中描写更多的外部故事。伍尔夫对传统的情节和悬念完全没有兴趣，但她对社会中发生的重大变化非常感兴趣。在《班纳特先生与布朗太太》中，她说："所有的人际关系都发生了变化，主仆之间、夫妇之间、父母与孩子之间。在人际关系发生变化时，宗教、行为、政治和文学也发生了变化。"她努力地描绘这些变化，虽然我们的写作形式不同，但我们仍然可以靠近她的目标：创造复杂、矛盾的人物，描绘并揭示一种现实的新情感，写出令克莱夫·贝尔钦佩的语句——"凌晨三点半时，弗吉尼亚在做什么？把玩一个微妙的句子，仿若手中握着一只心脏怦怦跳动的小鸟。"

在工作坊和私下的谈话中，我的学生表示，很少会根据大的审美的角度来选择创作方向。事实上，是否根据美学标准选择创作道路仍然是文学世界中最有争议的事。不难想象，《到灯塔去》的前30页在研讨会上一定会受到激烈的批评，这并不是与会者的问题，而是这些内容很难懂，令人费解，对读者的要求很高。同样不难想象，伍尔夫一定会在会议中捍卫自己的观点，指出她认为小说应该达到的目标，并展示她是如何达到这些目标的。1926年，她在创作《到灯塔去》时向维塔·萨克维尔－韦斯特写道：

> 风格是一件很简单的事情，就是韵律节奏的事。一旦你明白了，就不会用错词了……这是一种非常深刻的说法，什么是韵律？韵律比文字要深刻得多。
>
> 早在用语言形容这种节奏之前，视觉和情感就一起在头脑中创造出了这种韵律。而在写作中，这是我现在所坚信的，人们必须重新捕获这种韵律，并设置

它运作的方式（显然与语言无关），然后，当它在头脑中突破和转动时，就能创造出足以形容它的语言。

伍尔夫想做的，是在脑海中掀起一股波浪，让"大海被大脑听到"，她的风格就是如此简单。

我觉得伍尔夫在《班纳特先生与布朗太太》中提出的论点很有说服力，但值得我们注意的是，这篇文章大部分内容是布朗夫人与史密斯先生的互动，一种非常漂亮且传统的人物描写方式。我们看到布朗太太穿着整洁的旧衣服和干净的小靴子，我们听到她说话；我们可以推测她的思想、感情和故事：

> "如果一棵橡树的叶子连续两年被毛虫吃光，你告诉我它会不会死？"
>
> 她谈吐非常爽朗，颇有见地，是受过良好教育，充满好奇的样子。
>
> 史密斯先生吓了一跳，但因为有了一个安全的话题，他松了一口气。他很快告诉了她很多事情……他说话的时候发生了一件很奇怪的事情，布朗太太拿出她的白色小手帕，开始擦眼睛。她哭了。

一段又一段的描写，在流畅的散文中成型、深化。但伍尔夫自己却声称，布朗太太已经从她的指间溜走了，她尽力减少布朗太太的存在感。在《到灯塔去》中，叙事者很少把人物表现得如此严肃。伍尔夫拒绝总结，而是在最深、最模糊的层面上切入人物。我们在精神和心灵的二手商店里艰难跋涉。我们看待他们，如同他们看待自己；我们看待他们，也如同别人看待他们。忘掉印象派画家，想想毕加索从几个角度描绘出了一张支离破碎的女人的脸。

《到灯塔去》的灵感可能是源于伍尔夫死去父母的影子，但她坚决不写纯粹的传记小说。这部小说不仅是为两个人而写，它更是战前欧洲的宏大哀歌。

艺术家莉莉·布里斯科，是拉姆齐夫人的直觉和拉姆齐先生的理智之间斗争的主要观察者，同时，她也是那个向叙述观念提出质疑的人。伍尔夫认为这部小说是她写得最好的作品，当它完成时，她发现了一些不同寻常的东西。从 13 岁到 44 岁，她一直被逝世的母亲所困扰，但在写完《到灯塔去》后，母亲消失了。"我不再听到她的声音，"她写道，"我也没有再看见她。"这本小说不仅是一首哀歌，还是一部驱魔之作。

如果伍尔夫现在还活着，还在写作，她肯定会思考自第二次世界大战以来，人们思想和意识的种种转变。

在这样一个各种思想交织的时代，新闻能在几分钟内传遍世界，更多的人可以自由地尝试身份的转变，种族、阶级、宗教和公民身份的问题比以往任何时候都更加复杂，自然和气候也不再简单，通过探讨写作的意义，伍尔夫教我们如何抵制思想和情感的陈词滥调，如何不断质疑生活的经验与书本之间的差距。

如今创作的作家也空前的多。我们有必要弄清楚，我们在小说中看重什么，我们写作的目的是什么，我们反对什么，以及我们如何能更准确地在混乱的意识之网里捕获经验。"没有什么事是简简单单的。"

第六章

别借债，莫放债

致敬

> 不要向别人借债，也不要借给别人钱。借出去往
> 往人财两空。而向他人借钱则会让你忘记勤勉。
>
> ——《哈姆雷特》(*Hamlet*)

埃兹拉·庞德(Ezra Pound)的"日日新"(make it new)[1]
是 20 世纪最著名的艺术法则之一，和很多伟大的建议一样，
听起来简单，内涵复杂。当我开始写作的时候，我把庞德的
话当作座右铭。一个故事如果没有新鲜感，没有令人惊讶的
情节，就不值得写出来。翻开庞德的作品——充满了翻译
和改编，我意识到"日日新"中的对象，和詹姆斯·鲍德温

---

[1] 庞德引述了《论语》中的"日日新"，他坚信"技艺考验真诚。如果一件事不需花技
艺去叙述，它的价值就不大"。

（James Baldwin）在《桑尼的布鲁斯》（*Sonny's Blues*）的结尾中所说的一样——（在故事的结尾，克里奥尔担任布鲁斯的指挥。）

> 克里奥尔告诉我们，布鲁斯表达的是什么。它表达的不是什么新鲜的东西。但他和台上的伙伴们却让布鲁斯保持着新鲜，他们冒着受伤、毁灭、发狂和死亡的危险，找到让我们聆听的全新的方式。尽管那些讲述人们如何承受痛苦、如何经历快乐、如何获得成功的故事已不再新鲜，但这样的故事却永远值得被传唱。当这里没有其他可讲述的故事时，它就是我们在这黑暗中仅有的光明。

我不得不说，有意识地去讲述一个老故事，是一种让艺术世界焕然一新的方法。

有时这样的方法被称为"借用""重新构思"，或"引用"。有时，这样的方法被称为"致敬"（homage），这是一个优雅的法语词汇，指出了原创的优越性。法国评论家德里达（Derrida）在探讨本体论时，使用了"出没"（haunting）一词。我喜欢"出没"这个意象，暗示着前作在新的作品中隐隐约约出现。如果是出于欺骗的目的，秘密地进行地复述，则被认为是抄袭、剽窃。这种近距离的借用已经伴随我们几个世纪了，也许从人们开始创作艺术就开始了。最早的洞穴画家不就是在模仿中创作的吗？

有以下几种主要的致敬方式。第一种，是读者能立马意识到的致敬，这种致敬方式忠实于原作的内容。当代最著名的例子有简·斯迈利（Jane Smiley）的小说《一千英亩》（*A Thousand Acres*），这部小说几乎把《李尔王》（*King Lear*）的每一个场景都搬到了 1970 年代爱荷华州的一个农场里。从开头的几页，拉里·库克决定把土地分给他的三个女儿时，我们就能看到该小说的野心。当我们进一步阅读，发现斯迈利几乎每一个细节都遵循原作。对许多读者来说，《一千英亩》的悬念很大程度上是好奇斯迈利如何进行再创作，重新塑造莎士比亚笔下的伟大时刻——风暴或格洛斯特瞎掉的场景。

沃尔特·雷利爵士（Sir Walter Raleigh）的诗《美女答牧羊人》（*The Nymph's Reply to the Shepherd*）创作于 1600 年，仍是对前作的致敬——回应克里斯托弗·马洛（Christopher Marlowe）一年前创作的《热情的牧羊人写给他的爱人》（*The Passionate Shepherd to His Love*）。马洛的牧羊人为他所爱的人带来了最原始的快乐：

让我俩闲坐在石头之上，望着放牧的人们喂食群羊，悦耳的鸟鸣回荡在浅浅的溪涧。

让我为你铺好玫瑰的花床，千枝馨香的鲜花为你

绽放；

让我为你献上花冠，为你披上绣满桃金娘叶的

礼服……

牧人继续无畏地呈上自己的礼物和魔法清单，在激扬的结尾使用抑扬格，每行五音步的手法，用和开头完全相同的音符收尾：

牧人将会群起歌舞，只为让你在五月的晨光中

开怀。

如果这样的欢愉能打动你的心房，请跟我回家，

成为我的新娘。

然而，雷利的版本中女孩完全没有被牧羊人打动。女孩的诗以三段论式开头：

假如这个世界和爱情都永远年轻，每一个牧羊人

都信守誓言，这些愉悦便会打动我的心房，

与你相守，做你的爱人。

唉，但这个前因显然是错误的。事实上，这个世界既不

年轻，也不真实，这位美女既不不冷静，也不幽默地驳斥了牧羊人的花言巧语，"时间驱使着羊群从草地进入羊圈，/ 当河流怒吼，岩石变得冰冷，/ 夜莺停止歌唱沉默不语"。直到她最后写出那无可辩驳的四行诗：

> 如果青春能永驻，爱情不朽，快乐无期，不再衰老，
>
> 这样的美好才能使我触动，到你身边，成为彼此所爱。

尽管雷利嘲弄并毁了马洛的田园诗，但在某个瞬间，雷利让我们发现，他希望世界更像牧羊人眼中的世界，而不是美女眼中的世界。同样这首诗还表现了一个"致敬"的真理：即使像《一千英亩》那样按部就班地忠实于原作，致敬也包含着对原作的批判，或者至少对原作进行了重新审视。

在视觉艺术领域，也有很多致敬之作，马奈（Manet）的《奥林匹亚》（Olympia）就是在向提香（Titian）的《乌尔比诺的维纳斯》（Venus of Urbino）致敬。300 多年后，马奈让我们以一种新的方式来看待提香的杰作。

忠实的借用并不总是那么一目了然。在《斯沃泰尔的故事》（The Story of Edgar Sawtelle）中，大卫·沃布列夫斯基（David Wroblewski）是在向莎士比亚致敬，但他的做法比斯

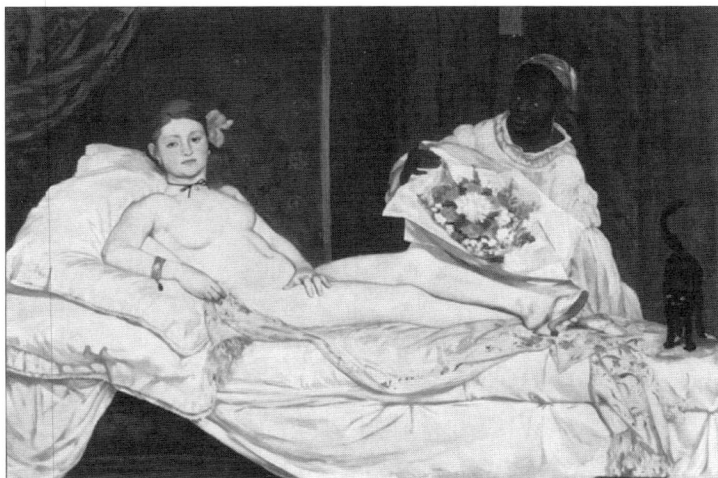

迈利隐蔽得多。这部小说以威斯康星州北部的一个狗舍为背景，大多数读者只有慢慢地品读才能意识到，埃德加一家的故事，是《哈姆雷特》的再现。埃德加最喜欢的狗——神奇的杏仁，扮演了《哈姆雷特》中的奥菲利娅的角色，遭受着与奥菲利娅相似的命运。其他的人物也有与《哈姆雷特》中人物相似的悲剧结局。这种循序渐进的呈现所需要的空间，比一首诗歌，甚至比一部长篇小说所能提供的都大。

第二种致敬，不太忠实于原著，有一定的倾向性，读者依稀能看出借用的痕迹，尽管这种致敬已经远离了原文的轨迹。辛西娅·欧芝克（Cynthia Ozick）在她的小说《陌生的身体》（*Foreign Bodies*）中努力向亨利·詹姆斯的小说《专使》致敬。《专使》中聪明、勇敢的女主人公比娅·南丁格尔泰然自若地成了《陌生的身体》中的兰伯特·斯特雷特，走在巴黎的街头。

同样，在李翊云（Yiyun Li）的《金童玉女》（*Gold Boy, Emerald Girl*）中，她将威廉·特雷弗《三人行》（*Three People*）的故事背景从爱尔兰搬到了北京。在特雷弗的故事中，一个老人和自己的单身女儿生活在一起，他希望到访的打零工的青年能娶自己的女儿。在李翊云的故事中，一位母亲希望自己40多岁的男同性恋儿子娶自己曾经的学生。这两个故事中隐藏的秘密有很大的区别，但故事的发展轨迹和阴郁的基调却非常相似。李翊云和特雷弗一样，让我们了解了小说中三人各自的观点。帕特里夏·帕克（Patricia Park）在她的小说《关于简的一切》（*Re Jane*）中也巧妙地进行了转换。她把《简·爱》的场景设置在了纽约的一个韩裔美国人社区里，读者会渐渐发现，这位站在屋顶上写作的女权主义文学评论家，就是罗切斯特太太的翻版。

我们可以在另外一组诗中看到这种借用关系：菲利普·西德尼（Philip Sidney）爵士的诗集《爱星者和星星》（*Astrophel and Stella*）中的十四行诗《多么悲伤的脚步》（"With how sad steps"）和菲利普·拉金（Philip Larkin）的诗《悲伤的时刻》（"Sad Steps"）。

> 多么悲伤的脚步，月亮啊，你爬上了天空！
>
> 如此静默，一张如此苍白的脸！
>
> 你是说！莫非那天上忙碌的爱神正在试他的利箭？
>
> 当然，如果相思的双眸难以掩藏，那我打赌，你也一定深陷相思之苦：你那憔悴的面容，已经告诉了我一切。
>
> 仿佛正因此而遭受非议的陷于相思之苦的月亮啊，告诉我，
>
> 相信爱情永恒会被看作愚昧吗？你那里的美人是否也如此傲慢？
>
> 是否那些被偏爱的人，

会轻视那些爱着她的人？

她们是否会把负心当作美德？

几个世纪后，拉金用《悲伤的时刻》作为标题来暗示这是他在给西德尼回信，但他用通俗的语言开场——"小便之后摸索着回到床上"——让我们忘记他致敬的目的。这首诗描述了诗人拉开窗帘，惊讶地发现"月亮如此皎洁"，然后他用越来越夸张的措辞取笑诗人们对月亮的称呼："爱的糖块！艺术的勋章！"但在最后一节，他屈服于月亮的力量——"月亮告诉你力量和痛苦 / 青春已不再 / 但在某处，完好如初地为他人存在。"

拉金和西德尼一样，在浪漫爱情的话题上同样高度忧郁，拉金处于非战斗状态，是中年男人的回首，而西德尼却深陷于战场之中。拉金的最后一句"完好如初"极好地呼应了西德尼的最后一句"负心"。就像雷利写给马洛的诗一样，拉金的诗既是对西德尼的致敬，也是对西德尼诗句的回应。此外，它同时还是一件艺术作品，读者在不知不觉间欣赏了先作。

第三种致敬是从不同的角度复述原作：这种致敬具有颠覆性，而且在过去的半个世纪里越来越流行。汤姆·斯托帕德 1966 年的戏剧《君臣人子小命呜呼》（*Rosencrantz and Guildenstern Are Dead*）就是其中一个最著名的例子，该剧将两位小信使放在了《哈姆雷特》的中心舞台上。斯托帕德在致敬信使和经典戏剧的同时，也向我们展示了他们的死亡，而这点《哈姆雷特》却几乎没有提及。简·里斯（Jean Rhys）的《梦回藻海》（*Wide Sargasso Sea*）和《君臣人子小命呜呼》同年出版。这部小说很大程度上是《简·爱》的前传，故事主要是从年轻的罗切斯特太太和罗切斯特的角度讲述的。里斯以第一人称写作，他对每一个原作人物都富有同情心，这是《简·爱》中没有的。《简·爱》出版后不久，夏洛蒂·勃朗特（Charlotte Brontë）表示了对伯莎·罗切斯特（Bertha Rochester）描写的遗憾。她说，我们应该同情疯子，而不是妖魔化他们。

里斯听到了她的呼唤。她把伯莎改名为"安托瓦内特"（Antoinette），给了她一段复杂的背景，让她两次被家庭抛弃，罗切斯特则成了窘迫的小儿子，被迫为钱财而结婚。这部小说不仅被视为文学上的致敬，更是被看作一部批判殖民地英国腐败势力的小说。在视觉艺术中，我们可以看到西班牙画家迭戈·委拉斯开兹（Diego Velázquez）在 1650 年前后创作的《教皇英诺森十世像》（*Pope Innocent X*）画像与英国画家弗朗西斯·培根（Francis Bacon）在 20 世纪 50 年代创作的《尖叫的教皇》（*Screaming Popes*）系列之间的关系。培根反复质疑、嘲弄、破坏和谴责原作代表的权力和特权。

还有更多有趣的致敬方式，既承认原作，又从根本上背

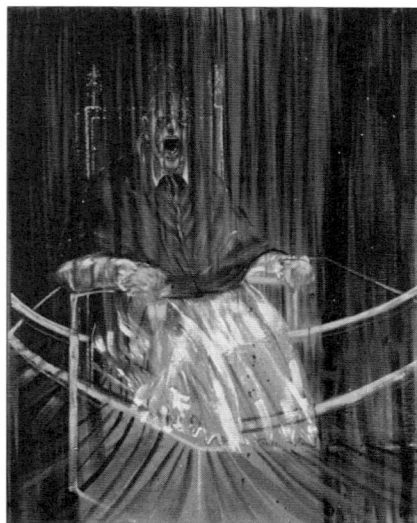

离原作。朱利安·巴恩斯（Julian Barnes）的《福楼拜的鹦鹉》（*Flaubert's Parrot*）并不想重新讲述福楼拜（Flaubert）的《简单的心》（*A Simple Heart*），而是对《简单的心》《包法利夫人》（*Madame Bovary*）和福楼拜的生活进行了风趣的探索。迈克尔·坎宁安（Michael Cunningham）的《时时刻刻》（*The Hours*）与《达洛维夫人》的某情节有些相似，还部分借鉴了弗吉尼亚·伍尔夫的生活。

在最后一类致敬中，我想提一下文学和文化评论家罗伯托·卡拉索（Roberto Calasso）的评价。

卡拉索认为，詹姆斯·乔伊斯的《尤利西斯》与其说是对《奥德赛》的重述，不如说是对奥德赛神话的重塑。奥德赛神话通常不只有一个作者，几个世纪以来一直以各种形式被重塑。他认为，神话、传说和童话是人类共同拥有的遗产，每个人都可以使用。卡拉索还引用了一些独创的作品，这些作品也到了神话般的地位。比如，丹尼尔·笛福的《鲁滨孙漂流记》（*Robinson Crusoe*）就被伊丽莎白·毕晓普（Elizabeth Bishop）、德里克·沃尔科特（Derek Walcott）、米歇尔·图尼尔（Michel Tournier）和约翰·马克斯维尔·库切（John Maxwell Coetzee）等人所模仿。

这些再创作是对原作的致敬，也是质问，反映了原作在文化史中的地位。

看看这些向原作致敬的例子，我们可以立马得出几个致敬的标准。早期的作品通常是公开的，借用早期作品往往不需要秘密进行，也没有抄袭之罪。

小说家乔纳森·勒瑟姆（Jonathan Lethem）在 2007 年的一篇文章《影响力的狂喜》（*The Ecstasy of Influence*）中讲述了 1916 年在德国出版的一个故事。故事讲的是一位有教养的中年男子，在旅行中租了一间房并爱上房东的女儿，女孩的年龄还不到 13 岁，最后女孩死去，男子也永远孤独一人。这个故事与《洛丽塔》（*Lolita*）同名，勒瑟姆猜测纳博科夫（Nabokov）是否有意地借用了这个故事。当然，对"洛丽塔"这个名字的使用确实表明了他并没有试图隐瞒他的借用。但对我来说，这并不算是一种致敬。纳博科夫也绝没有料到，教育程度不高的美国读者会发现这篇 40 年前在欧洲出版的小说。《洛丽塔》的成功与借用无关，其成功有赖于纳博科夫那华丽、徐徐道来的声音——"我的生命之光，欲望之火"，那完全是他自己的声音。

再看看其他被复述的作品，你就会发现莎士比亚完全是一个特例，他的作品已经变得和神话一样了。众所周知，他也是借用的高手，而他的作品更是人们广泛致敬的对象，甚至如雨后春笋般产生了一个探索互文性的链条。这意味着，后人在借用莎士比亚的作品时，不仅要与原作进行比较，还要与其他借用者的作品进行比较。

这使我对这个话题产生了浓厚的兴趣。10 年前，如果有人请我阐述什么是"致敬"的话，我会满怀热情地回答这个问题，但没有特别的见解。我曾偷偷地在这里借用（或者说"挪用"？）过苏格兰作家刘易斯·格拉西克·吉本（Lewis Grassic Gibbon）的一个人物形象，在那里借用过亨利·詹姆斯的情绪转换法。但我从未尝试进行过全方位的致敬写作法，特别是在了解了其他作家进行再创作的过程后，我更没有进入这一复杂领域的计划。但在 2008 年，我开始改写一部小说，这部小说自 1847 年首次出版以来畅销至今。我之前提到过，它已经成为致敬的标志性作品：《简·爱》。

　　创作一部小说已经够难了，为什么还要在一部巨著的阴影下创作呢？我不记得为什么对这个问题的回答从"说得好，我不会这样去创作的"，变为了"我必须这样创作"。但我可以描述一下我的心路历程。在我的小说《幸福街的房子》（The House on Fortune Street）中，我的一个人物正在攻读博士学位，研究方向是诗人济慈（Keats）。重读济慈的诗歌，阅读他充满激情、生动活泼的书信如此令人愉快，我也很享受尝试把济慈的作品和他短暂的生命融入创作中这种挑战。当我创作完小说的这一部分，我开始思考是否可以为其他三个主要人物也做一些类似的事情，给他们每个人都找一个我称之为"文学教父"的人，帮助他们解决更深层次的问题。

　　这是我第一次以作家的身份，而不是以读者、评论家或教师的身份，思考文学借鉴对我创作的影响。我对小说中的"文学教父或教母"有两条基本规则。他们必须是19世纪英国著名的作家，读者需要对他们的生平和作品很熟悉，因为这些都将出现在我的叙述中。现在我想尝试一种全面的向我最喜欢的小说致敬的方式。我第一次读《简·爱》是在9岁那年夏天，当时我住在苏格兰一所男童私立学校，我的父亲在那里教书。我从他的书架上选了这本小说，因为它的书脊上有一个女孩的名字，当我打开它的时候，感到非常惊喜，书中原来有一个和我年纪相仿的女孩。在阅读的过程中，我发现了更多我认同的地方。苏格兰的荒原和我家乡约克郡的荒原并没有太大区别，我父亲曾任教的那所学校创办于《简·爱》出版的那一年，那是一座有着城垛和阁楼的哥特式建筑，那就是桑菲尔德府的完美化身。

　　学校离家很近，而我的继母仿若简的姨妈。在我读了这本小说不久之后，我又多了一个同情简的理由，我们全家搬到了苏格兰南部，我也被送进了一所糟糕透顶的女子学校。出于喜爱和学习的目的，我把这部小说读了好几遍。简的故事对我来说，比我亲身经历的事件更真实。因为要参加波士顿书友见面会，在我的《幸福街》出版不久之后，我再次开始阅读《简·爱》。见面会那晚的房间里挤满了满怀热情的读者，我突然意识到一件事：尽管不是所有人都有一个难缠的继母、在一所哥特式男校的阴影下长大，抑或在可怕的女校里上学，但每个人都参与到了简的故事中。每个人也都似乎很早就明白，简与罗切斯特一开始之所以没能结婚，并不仅仅是因为罗切斯特太太的哥哥打断了那场婚礼。简不能嫁给罗切斯特，是因为她还没有找到真正的"自我"。

勃朗特本人可能不知道，当教堂里"婚礼不能继续下去了，他们之间存在着一个障碍"的声音响起时，这一戏剧性的场景既满足了英雄小说的传统，也满足了哥特式小说的传统——前者要求女主人公经受反复的考验，后者则要求女主人公遭受黑暗的巧合。同时，勃朗特也实现了心理主题的重要深化。

当我从书友会开车回家时，我意识到我犯了一个读者的典型错误，我以为这本小说之所以能打动我，是因为我的生活和简的生活有相似之处。但那一屋子的读者恰恰清楚地表明，这部小说经久不衰的真正原因，更多的是因为勃朗特巧妙的选择。在写《简·爱》前的一年，勃朗特还写了一本小说，书名是《教授》（*The Professor*），它用了与《简·爱》相似的材料：从男人的视角，以第一人称讲述一个年长且有权势的男人和年轻女人之间的浪漫爱情故事。这部小说与艾米丽的《呼啸山庄》和安妮的《阿格尼丝·格雷》（*Agnes Grey*）一起，组合成了维多利亚时期的一种流行出版物——三卷本小说。其他两位姐妹的小说很快受到了大众读者的欢迎，《教授》却遭遇了读者的冷眼。作为回应，勃朗特开始创作《简·爱》，而她所做的最重要的决定，就是让小说的叙述者成为一个和自己相似的，具有非凡的激情和诗意的年轻女人。她在照顾白内障手术后的父亲期间写下了开头的几页，这一经历可能也是她在小说的后期决定让罗切斯特失明的原因。

　　勃朗特的其他几个重要抉择，同样是成就这部经典小说的原因。《简·爱》在结构上设定了五个场景，每个场景都有自己的基调和心理发展曲线。勃朗特把矮小且平凡的简，塑造成了朝圣者与孤儿——二者皆为经典的人物原型。弗洛伊德（Freud）在他的文章《家庭罗曼史》（*Family Romances*）中提出，孩子们之所以相信自己是孤儿，把孤儿的身份当成避难所，一方面是因为他们感觉自己被轻视，另一方面是他们开始意识到了父母的不完美。孩子认为，这些难缠的人不是我的父母，我真正的父母是优秀且有才华的贵族。不论弗洛伊德理论背后的真相是什么，我从不怀疑那对难缠的夫妇不是我亲生父母，不过我相信读者一定喜欢孤儿。维多利亚时代的文学作品里总是充斥着孤儿的身影，在近年的作品中，《哈利·波特》（*Harry Potter*）和《金翅雀》（*The Goldfinch*）也再次证明了孤儿的身份在小说中仍然有着独特的魔法。没有父母的限制和保护，孤儿的故事可以更自由地发展。

＊　＊　＊

在那个读书见面会后的一个傍晚，我把我的《简·爱》藏了起来，坐下来再次回想勃朗特提出的经典问题：一个没有特殊才能，没有经济来源，没有家庭的女孩怎么才能在这个世界上立足呢？

我决定把我的杰玛·哈代（Gemma Hardy）设定为一名在 20 世纪 60 年代的苏格兰长大的孤儿。我几乎从第一页创作开始就知道，我绝不会像斯迈利一样忠实、大胆地追随原作，也不会像沃布列夫斯基一样忠实、巧妙地向原作致敬。事实上，从勃朗特的年代到现在，社会观念、性观念，以及我们对精神疾病的态度，已经发生了翻天覆地的变化，我不确定同样的故事是否还有可能发生。我的确曾有灵光乍现的时候，试图改变罗切斯特和简，让他成为年轻男性，让她成为年长、有权势的女人，但（遗憾的是）我对这样的人物是否有说服力深表怀疑。我的希望是既忠诚于原作又不拘泥于原作，介于沃布利夫斯基和斯迈利之间。我想让杰玛拥有自己的故事，尽管她在很多方面都跟随了简的脚步。为了向那些了解勃朗特作品的读者表达我的意图，我在开头一章模仿了《简·爱》开篇中那使我难忘的画面——简和表妹之间的争吵，简被驱逐到闹鬼的红屋子。但在我小说的第二章中，我彻底脱离了勃朗特的设定，给了杰玛一个冰岛式的童年。如果我不得不选择一组画来表达我模仿与致敬的方式，那这组画可能是马奈的《草地上的午餐》（ *Le Déjeuner sur l'herbe* ）和塞尚（ Cézanne ）的同名画作。

对我来说，写作就像坐过山车，特别是在创作《杰玛·哈代》（ *Gemma Hardy* ）的时候。在有灵感日子里，我觉得自己站在巨人的肩膀上，但在没有灵感的日子里，我只能看到巨人的影子。我发现，向经典作品致敬的一个主要挑战是避免激怒那些了解原著的读者，还要照顾那些不了解原著的读者。我的解决方案是读者反应理论的一个变体，我仍在不断探索中。简而言之，读者反应理论认为，读者可以用各种方式阅读文本，怎么阅读都是被认可的。（古典的观点则认为，一个文本只有一个正确的阐释。）

抛开理论不谈，我想说的是，把了解原著的读者和不了解原著的读者同时带入作品中，把知道波基浦西（ Poughkeepsie ）和不知道波基浦西的读者，把那些有孩子的读者和没有孩子的读者，或那些爱马的读者和对马一无所知的读者都带入作品中的方式并没有什么区别。自第二次世界大战以来，读者越来越多样化，现在，不论在欧洲还是在美国，没有一个作家能指望拥有单一的读者群。几年前，我在迈阿密的一个工作坊教写作，工作坊的 20 名学生竟然来自 11 个不同的国家。

为了尽力吸引更多的读者，我对《简·爱》的情节做了总结：一个 10 岁的女孩——孤儿，被残忍的姑妈送到一所噩梦般的女子学校，在那儿她忍受饥寒交迫的痛苦，还失去了自己最好的朋友。她努力活了下来，18 岁的她在桑菲尔德府找到了一份家庭教师的工作。在那里，她爱上了雇主，年纪比她大得多的罗切斯特先生，罗切斯特先生也爱上了她。但直到他们结婚的那一天，简才得知罗切斯特已经有一位夫人，就是那个被囚禁在阁楼里的疯女人。简逃离了桑菲尔德府，在流浪了几天之后，她又饿又穷，倒在了一户善人的门口。后来，她从伤心中恢复，成了村里的老师，期间侥幸逃脱了一场与不爱她的男人结合的婚姻。这部小说以浪漫主义的风格结尾。简最后获得了亲情（这户善良的人家原来是她的表亲），金钱（一个失联已久的叔叔去世），还有她心中渴望的丈夫：失明的罗切斯特。

尽管不能与神经外科手术或纳斯卡赛车相提并论，但艺术创作仍是一项高风险的事业。在重述一部经典作品时，还要面临一个更为特殊的挑战，那就是如何更好地处理原作的高潮场景。我们怎样才能做得更好？或有原作一半好？如果我们没有为重现关键场景做出努力，似乎就不能说是在重塑小说。当然，一些普通的场景最好能被颠覆或被忽略。而在写作的时候，我很早就意识到，再现 20 世纪 60 年代苏格兰的罗切斯特夫人对我来说是一项不可能完成的任务。

杰玛·哈代没有一座阁楼。原作中的一些元素过于集中，却不容忽视。如果没有罗切斯特那样的人物，写一部仿作又有什么意思呢？如果我不打算以这种关系为核心创作另一个版本的《简·爱》，那么我不妨消除勃朗特对我的影响，规划属于我自己的创作之路。每一个试图向原作致敬的艺术家都必须找到自己的方式来回答这些问题。直到我开始写这部小说时，另一个真相才浮出水面。

致敬不仅要让读者看到原作的优点，也要让读者看到原作的不足。大多数读者都会记得《简·爱》中那些具有戏剧性的故事情节：可怕的学校、第一次会面、疯狂的妻子、被打断的婚礼、最后的和解。除了和解发生在最后一部分，其余内容都发生在小说的前两部分。第三部分的主要情节是：简在荒原上漫无目的地行走，被善人拯救，之后逃开追求者和他乏味的长篇大论。那么再创作时需要做什么？我不打算描述我处理的过程，但我会说，在处理原作中的优点和缺点部分时都会存在问题——我们很可能无法达到优点的高度，也无法避免犯缺点部分的错误。

大多数作家都必须找到一种方式，来回应原作的声音。而那些向莎士比亚致敬的作家似乎都基本忽略了这个问题，这很奇怪，但也可以理解。但在《时时刻刻》中，坎宁安却清楚地意识到了伍尔夫的写作节奏。在《金童玉女》中，李翊云不仅在情节上，也在叙述中向特雷弗表示敬意。在写《杰玛·哈代》的时候，我尝试找到一种声音，它存在于此时此地，又跳脱于其外。此外我还需要面对另一个挑战，那就是如何处理简在与罗切斯特对话中使用的夸张的语言。当他假装要和另一个女人结婚并要求简留在他家时，她这样回答：

> "我告诉你，我非走不可！"我反驳道。我的情绪一下子淹没了理智。"你难道认为，我会甘愿留下来，做一个对你来说无足轻重的人？你以为我是一架机器，一架没有感情的机器？能够容忍别人把面包从我嘴里抢走，把生命之水从我杯子里泼掉？难道就因为我一贫如洗、默默无闻、长相平庸、个子瘦小？我就没有灵魂和感情了？你大错特错！我的内心和你一样丰富，我的情感和你一样充实！要是上帝能让我更加美丽，更富有，我会让你更加难以离开我，就像现在我难以离开你一样。

把简的情感爆发简单描写为"激情"，是一种非常可悲的轻描淡写。她诗般的语言既吸引了罗切斯特先生，也吸引了读者。这就是我们不会质疑一个富有、颇有权势的上层阶级男人为何会爱上一个贫穷、朴素的中产阶级女人的原因。也就是我打算重新构思，把原作隐藏起来的原因。在我开始写《杰玛·哈代》之前，我有 3 年没有打开我那本《简·爱》。

　　所以我再次问自己：如何接受这样一个困难重重的挑战呢？我把这个问题交给了画家格瑞·柏格斯坦（Gerry Bergstein），他的画装饰着《简·爱》的封面。格瑞的画作十分美丽，他也经常借鉴艺术史上的很多作品。他从八个方面回答了我：

　　1. 一个更现代的新的主题，往往与原作的主题矛盾；

　　2. 描写纯粹的爱；

　　3. 进行文化批判；

　　4. 表现出政治或其他形式上的社会演化；

　　5. 提炼早期作品的精华；

　　6. 发扬先贤的传统；

　　7. 把上述建议任意组合；

　　8. 开一个小玩笑。

　　当我质疑其中最后一点时，柏格斯坦向我展示了勒内·马格丽特（René Magritte）的画作《透视：大卫的雷卡米埃夫人》（Perspective: Madame Récamier by David）。这幅画是对雅克·路易·大卫（Jacques-Louis David）1800 年一幅画的致敬，在玛格丽特的画中，原作中的女性被一口棺材所取代，只有垂在地上的白色帷幔才暗示了她的存在。

　　我认为 1、2、4 和 6 都有助于我的创作。在勃朗特写完《简·爱》的一个多世纪后，在席卷欧洲和美国的女权主义大潮之前，我开始重新审视女性生活的各种可能，这也是我

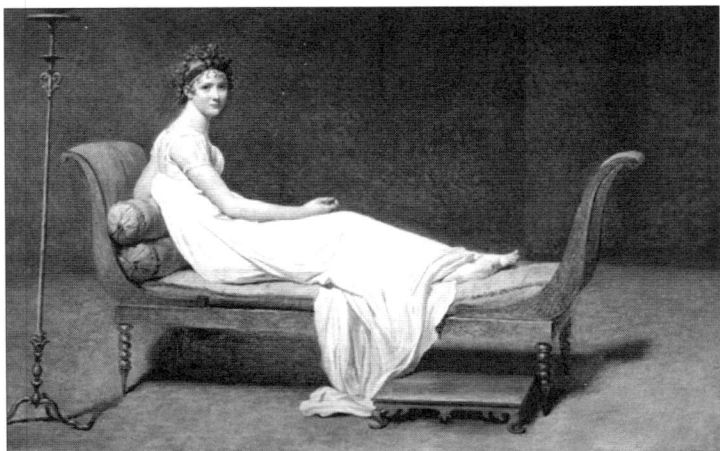

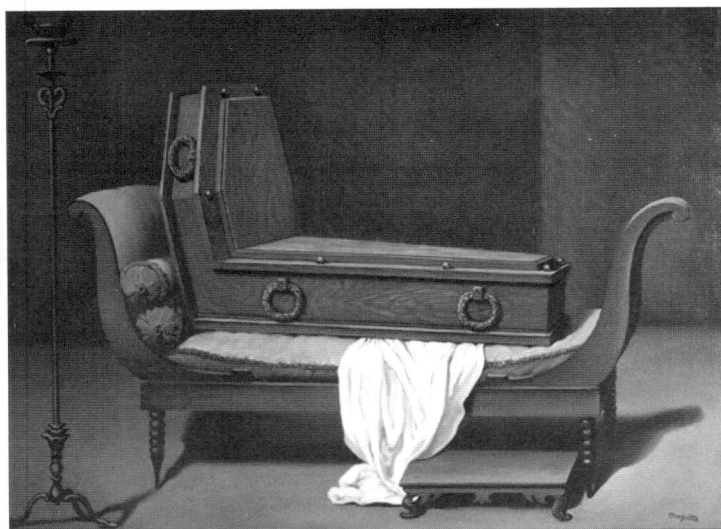

在 20 世纪 60 年代写下这部小说的原因之一。当时在苏格兰，只有四种职业对中产阶级的女性开放：护士、教师、秘书、妻子，妻子是这四种职业中的佼佼者，一个女人成为妻子，几乎会选择放弃在外工作的机会。在写《杰玛·哈代》的时候，我想要质疑那些狭隘的想法，我想让读者知道，杰玛成长在一个女性拥有更多可能性的时代。

柏格斯坦的大部分建议表明，艺术家向原作致敬是出于崇高的动机，但也许对一些借用者来说，也有不那么光彩的一面。作为小说家，我最常面对的一个挑战是，当我听到一个非常精彩的故事，我要冒着失去家人、朋友或工作的风险来讲述它，即使纸笔就在旁边。《简·爱》是一个非常奇妙的故事——我的养父第一次读这本书时，因为沉迷于罗切斯特准备求婚的情节，错过了成为飞行员的机会。作为一名作家，打心底里说，我非常想偷这个情节。不过很高兴，我发现这是不可行的。这么做就彻彻底底亏欠了勃朗特。

在我写这部小说的过程中，我还有另外一个追求。我希望杰玛不仅仅是一个故事人物，还是一名杰出的女性。虽然身材矮小，年纪轻轻，但我希望她能超越自己。因此，我让她面对"巨龙"，直面魔鬼和灾难。同样，她也像简一样真实且固执己见。一个成功的女性，不能只是轻轻松松地坐在家里喝茶。

我想这个问题想了很久，我想起关于致敬的悬念的问题。几年前，在伦敦的时候，我曾带老朋友菲利浦去看《俄狄浦斯王》(*Oedipus Rex*)。他欣然接受了我的邀请，当灯光熄灭时，他向前探身。

渐渐地，他低声说："可那是他的妈妈！别这样！"我才意识到他并不了解《俄狄浦斯王》的情节。

他对即将发生的事感到紧张，而我则对事情如何发生以及发生的原因感到紧张。在重写一部作品时需要考虑，对一部分读者来说，悬念来自情节和人物；对另一部分的读者来说，悬念在于作品如何被讲述。值得高兴的是，这两种悬念我们都十分关注。事实上，有人会争辩说，故地重游比第一次游玩的乐趣更多。弗兰纳里·奥康纳在朗读自己的小说《好人难寻》时，总是会先介绍故事情节，再开始朗读，以便让听众关注除了情节以外真正重要的东西。

这些真正重要的，便是致敬时的关键。我希望我已经把这个问题阐述清楚，我认为波洛涅斯[1]在"别借债，莫放债"上的观点是错误的，至少在艺术上是错误的。我们不会因为借和还，而失去创作的热情。对于当代艺术家，最好的致敬是去探索自己最感兴趣的某个方面，在认可或否定原作，欣赏或批判原作的同时，了解真正有意义的问题。从第一次在苏格兰荒原旁的家中读到《简·爱》，到现在位于马萨诸塞

---

[1]　波洛涅斯，莎士比亚戏剧《哈姆雷特》中的丹麦大臣，对儿子雷欧提斯有过"别借债，莫放债"的忠告。

州剑桥市这张供我写作的书桌旁，我走了很长的路。在我的旅途中，我向几位作家表达过致敬。我借用过他们的风景和见解，借用过他们描写的夜莺和不良的行为，他们沉默不语。我希望这样做能引起人们对他们作品的注意，同时，我也希望能创作出一些新的东西。

第七章

居斯塔夫和爱玛

寻找第一部小说

艺术家：全都是恶作剧者。

——福楼拜

《庸见词典》（*The Dictionary of Received Ideas*）

对我来说，一本书就是一种生活在某种特定环境中的方式。这就是我犹豫、苦闷和愚钝的原因。

——福楼拜

致勒鲁瓦·德·香特比小姐的信

1858 年 12 月 26 日

I

如果艾玛·包法利读过那本以她名字命名的小说，她肯定不会有后续的那些行为，但如果查尔斯·包法利读过的话，他对艾玛的感情可能不会改变。这就是我重读《包法利夫人》时最直观的感受。自我第一次认识他们以来，过去几十年间，我的生活和创作发生了巨大的变化。房间是一样的，但透过窗户看到的景色已大为不同。

窗户对艾玛很重要。一次又一次，作者刻画了艾玛充满渴望地向窗外张望。有时她看到了她爱的人：查尔斯、莱昂、鲁道夫，但大多数时候，她看到的只是乏味的农场、沉闷的托斯特斯村庄，当然，还有最初她所向往的永维尔镇。小说中有一个重要场景，鲁道夫向艾玛求爱，场景设置在市政厅的一个窗边，他们坐在那里俯瞰着农产品交易会。第一次读到这几页时，我发现自己也望向窗外，渴望着。

那时候，我刚开始写作。读书就是为了快乐，为了拥有一个更广阔的世界。我还没有从喜欢的小说中学习技巧的概念，直到现在，这种概念对我来说仍然有些奇怪。我沉浸在艾玛的热情和绝望中，却完全没有意识到福楼拜是如何巧妙地构造了这部小说——如何巧妙地把读者从一个观点转移到另一个观点，如何有意识地运用意象和复写，如何清晰地向读者预示主要事件。比如查尔斯的马在小说的其余部分总是慢条斯理地走着，但当查尔斯第一次前往艾玛父亲的农场时，马却以戏剧性的方式乱了脚步。

当时，我不仅不了解这部小说如何产生如此大的魔力，也不知道它的作者是谁，更不知道为什么我们会把他视为第一个现代小说家。我知道，作者福楼拜是法国人，这本小说出版于 19 世纪 50 年代，亨利·詹姆斯称福楼拜为"小说家中的小说家"。我对福楼拜的一些艺术主张有一丁点儿体悟——"作家在作品中，应该像上帝在世界万物中无处不在，却又时刻隐形。""世界上的唯一真理存在于一句精心创作的句子中。""艺术需要牧师般的虔诚奉献。"（以他自己的情况来说，我觉得是需要金钱的奉献）但我对他的生活几乎一无所知，我也不知道他究竟如何创造出这样堪称"第一"的经典小说。

彼时我也不知道，这部小说某种程度上，是他与诗人兼剧作家路易·布伊尔海特（Louis Bouilhet）真挚友谊的结晶。当时的小说家没有代理人或编辑为他们提供建议。大多数人都在孤独中创作。福楼拜则是一个极其幸运的例外。布伊尔海特敦促他关注《包法利夫人》的主题，几乎每个周末，他都阅读福楼拜一周中的创作，通常不超过四五页，布伊尔海特就会提出删减、增加和修改的建议。他鼓励福楼拜赋予这部小说诗一般的美感和力度。

尽管当时的我对福楼拜的生活和创作都比较无知，阅读也谈不上深入，但我对这部小说的热情不减，再次阅读这部小说，我读的是莉迪娅·戴维斯精辟的翻译版，这一次，我对写作和福楼拜都有了更深的了解，我现在或许与福楼拜著名的助手居伊·德·莫泊桑（Guy de Maupassant）有一样的感受：这位作家，他创作的每一页都在指导我。读到最后时，我被福楼特在创作《包法利夫人》时借鉴自己经历的技法所震撼。

虚构和自传之间的联系总是能引起读者的兴趣，但对于作者来说，这种联系却可能令人困惑。

虽然我们能认识到素材的来源，但往往最后才能理解素材背后到底是什么在吸引着我们。以《包法利夫人》为例，故事情节来自当地一个众所周知的丑闻。一个卫生官的第二任妻子德尔菲娜·德拉玛犯了通奸罪，挥霍完了丈夫的钱财，最后服毒自杀。当布伊尔海特向福楼拜提出建议，把德拉玛作为他的下一部小说的主人公时，福楼拜已经对德拉玛有所了解，但我们不知道布伊尔海特是否知道，福楼拜的经历使他成为讲述德拉玛故事的最理想人选。

首先，他对医疗问题了如指掌。他的父亲和哥哥阿基里斯都是医生，而福楼拜就在鲁昂的医院周围长大。查尔斯·包法利的职业，以及小说中的两个主要事件的描写——马厩男孩的灾难性手术和艾玛服砒自杀，很大程度上归功于福楼拜早期对医学的了解。也许他对手术的了解还要归功于他父亲死前患病的经历。1845 年 11 月，福楼拜的父亲抱怨大腿疼痛，一查才知道有脓肿。当其他治疗方案失败时，阿基里斯为父亲动了一个手术，结果手术导致了感染，生了坏疽，最后他父亲很痛苦地于次年 1 月告别人世。

福楼拜对通奸这种不当关系也颇为了解。15 岁的福楼拜与家人在特鲁维尔度假，在海滩上遇到了一位年长的已婚妇女——伊丽莎·施莱辛格（Eliza Siazenger）。他们不完满的关系成了他的人生主题之一。第二年，他写了《激情与美德：一个哲学故事》（*Passion and Virtue: A Philosophical Tale*），故事讲的是一个已婚的女人马萨幻想和她在法国喜剧院见过的男人欧内斯特在一起的故事。欧内斯特是一个完全不值得她幻想的男人，"他是一个老练的骗子，熟悉玩弄女性的手段和技巧"，马萨却把自己的身体和灵魂都献给了他，结果他逃往了墨西哥。当她讨厌的丈夫不幸去世时，她给欧内斯特写了信。欧内斯特回信告诉她自己已经结婚了，马萨服了毒。15 年后，艾玛的初恋情人罗道夫，说话和思考方式都和欧内斯特一样，而艾玛则像马萨一样做着浪漫的白日梦。

更直接的是，《包法利夫人》受到福楼拜与诗人路易丝·科莱（Louise Colet）关系的影响。他们两人是在 1846 年相识的。科莱和女儿住在巴黎，即使在他们关系最密切的时候，两人也鲜少见面。出于正义的原因，科莱对外宣称福楼拜宁愿写信给她也不愿和她发生关系。他的这一喜好最终使读者受益。这些热情洋溢的信件，使我们对福楼拜的创作方法有了更多的了解。

艾玛的性格很大程度上以福楼拜的情妇为原型，这一点得到了福楼拜、布伊尔海特和科莱本人的承认。一些批评家，包括诗人夏尔·波德莱尔（Charles Baudelaire）和哲学家让·保罗·萨特（Jean-Paul Sartre），都把艾玛描述成一个女性化的男人，他们认为她充满激情，行为活跃，不是一个温柔的女人。但福楼拜对此了解得更清楚。艾玛以科莱为原型，她送礼物、提出会面的方式，甚至一次未经邀请突然出现的经历，都以科莱为蓝本。

虽然施莱辛格和科莱在《包法利夫人》中扮演的角色众所周知，但福楼拜的另一位北极星——阿尔弗莱德·勒普瓦范（Alfred Le Poittevin）的角色却不那么明显。他们二人的家庭是世交，勒普瓦范在准备法学院的入学考试期间，两人成了好朋友。福楼拜完全被这个大男孩迷住了。他写道："我们是上天安排在一起的朋友，我们的思考和感受如此一致。"勒普瓦范是一个极致的浪漫主义者，在他眼里世界就是幻觉：过去比现在好得多；人在上帝手中是一个无助的玩具；资产阶级的生活、思想都是没有意义的。他学法律是为了取悦父亲，福楼拜写道，结婚"是一件不太正常的事情"，是为了取悦家人。但勒普瓦范认为，与命运抗争是没有用的。1848 年 4 月 3 日，在福楼拜的陪伴下，他完全停止了生命的挣扎。

福楼拜从未忘记他的朋友，也从未完全放弃过他的浪漫理想。

福楼拜的健康状况是影响他生活和工作的一个重要因素。像勒普瓦范一样，福楼拜原本注定会成为一名律师。后来，在第一年的学习中，他痫病发作，失去知觉，从马车上摔了下来。父母把他带回了家，对他成为执业律师不再抱有任何希望。他们在克罗瓦塞特买了一栋房子，福楼拜一生的大部分时间都在这里生活和创作。痫性发作与癫痫相似，却没有抽搐的症状，发作频率更低一些，但在发病的过程中，福楼拜觉得自己的感知能力明显增强。他写道："我有一种非凡的感知能力。""有时我能通过凝视一块鹅卵石、一只动物、一幅图画，就感觉自己进入了其中。"作为读者，我们从福楼拜描述查尔斯和艾玛早期会面的段落中瞥见了这种天赋：

> 有一次，正值化冻，院子里的树皮在渗水，房顶的雪正在融化。她站在门槛上，拿来了一把遮阳伞，打开了它。阳伞是用浅灰色的闪光绸做的，太阳照在上面，照在她那雪白的脸上，发出动人的光。
>
> 阳光和煦，她站在那里微笑，他们能听到雪水滴

答滴答，落在了紧绷的云纹伞布上。

在开始学习法律之前，福楼拜不仅写过《激情与美德》，还写过几篇短篇小说。现在他终于自由了，可以专心写作和旅行。他写了一本关于他与朋友马克西姆·杜·坎普（Maxime Du Camp）一同探索布列塔尼市的书，后来他还创作了两部需要修改和出版的小说：《情感教育》（*A Sentimental Education*）和《圣安东尼的诱惑》（*The Temptation of St. Anthony*）。《圣安东尼的诱惑》是在勒普瓦范去世后的 18 个月里，福楼拜在很短时间内完成的，这部小说受到了两人共同的浪漫主义理想的影响。1849 年 9 月，在 4 天的时间里，福楼拜向布伊尔海特和杜·坎普朗读了 541 页手稿。他在第 4 天接近午夜时完成了阅读。杜·坎普回忆：

> 福楼拜用拳头敲着桌子。他叫喊道："现在，坦白地告诉我你们对这部小说的看法！"布伊尔海特天性胆小，但当他下定决心表达自我时，没有人能比他更无畏了。他回答道："我们觉得，你应该把它扔进火里，不要再提它了。"
>
> 福楼拜难以置信地从椅子上跳了起来。

福楼拜和两位朋友争论了数小时，他们指出了小说中的许多问题。最后福楼拜听从了两人的话，把《圣安东尼的诱惑》和《情感教育》一起放在了抽屉里。如果从出版的意义上来说，《包法利夫人》才是他出版的第一部小说。

这些福楼拜传记中的事实，或许是我们理解福楼拜，学习福楼拜的原因之一。我们总是把自己放在纯粹的想象中，但这可能对我们的创作没有任何帮助，当我们开始处理素材时，我们应该意识到我们自己的经历在何时或在何种情况下对我们的创作造成了不当的影响。因此，关注自己的经历是非常有必要的。我们可以看到，福楼拜对医学的深入了解，使他可以细致地描写马厩男孩的手术和艾玛的缓慢死亡。但在他最初的小说计划中，他不打算写马厩男孩的手术。关于艾玛的死亡，他写出了"死亡的痛苦"和"精确的医学细节"——"在某天凌晨三点，她反反复复地呕吐"。当然，还塑造了他最喜欢的人物，霍米斯——查尔斯和艾玛的可爱邻居——他在信中称他为"我的药剂师"。他删去了许多霍米思的话，按照现代读者的口味来看，他还应该删更多。

虽然福楼拜在好友第一次提出把德拉玛作为他下一部小说的主人公时争论和抗议过，他觉得这个故事太低俗了，不过他最终还是被好友说服了。动笔5年后，福楼拜宣布《包法利夫人》已经写完，1856年秋，杜·坎普提出要在他编辑的杂志《巴黎革命报》(La Revue de Paris)上对这部小说进行连载。出版过程非常痛苦，福楼拜曾多次想撤回这部小说。但是最终，这部小说的第一期刊载还是如期而至。在给布伊尔海特的信中，福楼拜写道："从 10 月 1 日，星期四的那天起，我失去了一个未发表过任何作品的作家的贞操。愿福尔图娜幸运女神保佑我！"福尔图娜并没有如福楼拜的愿，至少福楼拜是这么认为的。印刷工人的不仔细导致出了许多印刷错误，更要命的是，他的散文也被印刷了出来。"在我看来，这些散文十分普通，"他再次写信给布伊尔海特，"这令我痛苦失望，这本书的巨大成功也无法掩盖我良心的呐喊，它一直高喊着：'失败！失败！'"

事实证明，布伊尔海特在这部小说上投入的所有精力和付出是值得的。从开头的几页来看，《包法利夫人》是成功的：这是一本使读者动容、引人入胜的小说。与此同时，这本书的走红也导致了一桩丑闻。为了避免被告上法庭，杂志在没有告知福楼拜的情况下，删减了那段著名的莱昂和艾玛在鲁昂大街飞驰的马车的场景。并且在最后一期连载中，出版方不顾福楼拜的强烈反对，删减了一些场景。但正如福楼拜先前预测的那样，审核并没有起到什么作用。他写信给杂志的总编辑说："你抓住了细节，却损害了这本书的整体性。"严酷的现实不仅仅是表面上那么简单。1857 年 1 月，福楼拜在法庭上被指控触犯了公共道德和宗教罪。

所有这一切都使他心烦意乱，他准备把这部小说和其他作品都藏进柜底，直到布伊尔海特提醒他，作为图书出版时可以修改那些被删节的段落。在辩护律师和布伊尔海特的努力下，《包法利夫人》于 1857 年 4 月出版，并收获了极佳的销量和好评。福楼拜最后满意了吗？他并没有满足于此。"第一本书就带来如此多喧嚣，"他写道，"一切似乎与艺术毫不相干，让我难受，让我晕眩。我多么怀念曾经那鱼一般的寂静，现在都被打破了。"后来，他也开始对自己"第一部"小说的成功感到不满，这部小说在过去和现在都为他创作其他作品蒙上了阴影。

II

福楼拜的日常生活十分规律：打草稿、听取布伊尔海特的意见、努力修改创作，但正如他所知，这些并不能保证作品的成功。在失败的余波中，他成了第一个现代派作家。他注重自我意识，能敏锐地察觉到叙述与故事中情节的关系。"连贯性造就风格，"他写道，"正如始终如一成就美德。"他发出这样著名的喟叹着实不易。他在给科莱的信中写道："我的小说一开始写得很糟糕。""我的文风不流畅，写句子时也没有灵光一现的感觉……我对那些我喜欢的元素都不满意……我创作的格调如此陌生，以至于自己都感到惊骇。"这一次他听取了杜·坎普和布伊尔海特的建议，一个精彩的段落接着另一个精彩的段落，这样并不能造就小说中完美的段落群。一本小说必须流畅，不能有任何段落中的接缝。在打磨人物对话方面，福楼拜也做了顽强的斗争。在写艾玛和利昂第一次见面的场景时，他曾说，这是第一次有小说拿男女主人公开玩笑。"讽刺，"他补充道，"丝毫不会削减小说的感染力。"

最后，他还痛苦地意识到，有必要把故事之间的联系讲清楚。小说中的每一个元素都必须有目的，而且这种目的还最好不止一个。在布伊尔海特的敦促下，经过多次尝试，他终于开始规划《包法利夫人》。小说专注于艾玛爱情生活的起起落落。第一部分的舞会和第二部分的农产品展览会都很重要，然而在最后一段，只用了"发现了惊人的债务"来暗示金钱将在艾玛堕落的过程中扮演着重要角色。为人物寻找外在的行为动机，探寻人物的外在生活，比如了解他的衣橱，对作家来说也是一个常见的任务。无论小说的出发点是什么，原型是公开还是私人的故事，是一个能让读者产生共鸣的形象，还是缘于一段回忆，创作者都在寻找使人物的内心生活戏剧化的方法。早在 T. S. 艾略特主张强调客观对应物——一种代表情感的实体或行动——之前，福楼拜就知道自己不能依赖《圣安东尼的诱惑》中的抒情诗体和意象。艾玛的内心生活必须通过世界观、她的行为，以及许多次要人物来揭示。

自我第一次阅读《包法利夫人》以来，我几乎记得所有关于艾玛和她情人的故事，但当我开始再次阅读，我才震惊地发现，这部小说原来是以查尔斯开头的。

在小说开始，福楼拜在创作上花了很大力气去在描述查尔斯，几乎所有细节都经过了反复且慎重的考虑，比如查尔斯刚到学校时戴着的那顶特别的帽子——"他那顶帽子很有特色，既像熊皮帽、骑兵帽，又像圆顶帽、水獭皮帽和棉布室内帽，看起来很寒碜，那帽子安静地待在那里，样子傻透了。"到底什么样的男人娶了艾玛这样的女人？福楼拜很快回答了这个问题：查尔斯，一个无能的独生子，不论在家，还是进入学校，他都是被动的压抑的。尽管最初考试不合格，但他后来还是成了一名医务人员。他的父母让他娶了一个比自己大得多的寡妇，他开始在托斯特斯村问诊。一天，他被请去给一个断腿的农场主做手术，在那里，他遇到了农场主的女儿——艾玛。最初，他没有发现自己对艾玛有什么感情，只是平淡地参观了农场。福楼拜以极快的速度推进故事，让人想到了《激情与美德》——他写了查尔斯的妻子如何禁止他与其他人来往，她如何发现查尔斯在财产问题上撒了谎，以及她如何恰合时宜地过世。

起初，我们对艾玛和查尔斯的了解都是碎片式的：那些关于肩膀和衣裙荷叶边的描述。直到艾玛嫁给了查尔斯，并来到他们位于托斯特斯的家，我们才看到她的全貌，进入了她的意识。在靠窗的桌子上，她发现了一束橘黄色的花：

"那是新娘的花束，属于另外一个女人的花束！"艾玛恍然之间不禁想到，如果自己死了，她的花束会变成什么样。从那时起，她就成了小说的中心人物，但我们依然从查尔斯和全知视角来看她和整个故事，这是福楼拜做出的重要选择之一。例如，艾玛在永维尔镇第一个晚上：

> 火光照在她身上，穿透了她衣服的纹理，她白皙的皮肤分毫毕现，她时不时眨动的眼睛也在炉火的映照之下。每当微风从半开着的门吹进来，火光就随之而动，在她的身上闪过一道道红光。
>
> 在壁炉的另一边，一个金发青年正不声不响地看着她。
>
> 他在永维尔镇的生活非常无聊，他给吉约曼律师、莱昂·迪普斯先生当办事员……

我们看着艾玛，然后我们看到有人在观察着她，然后，我们开始了解这位观察者。

在福楼拜最初的计划中，金发青年莱昂扮演了重要的中心人物的角色，但在完成的小说中，许多元素都进行了调整。只有在写作中，他才意识到这三部分结构的作用。每一部分都标志着场景的改变。在构造小说结构时，他做了另一个明智的选择：在每一部分，他都营造了一个大型的公共活动空间。第一部分是舞会，那是艾玛渴望的生活；第二部分是农产品展览会，象征着艾玛渴望逃离的生活；第三部分是大教堂，艾玛在修道院度过少女时代，教堂似乎是一个避难所。每一个空间都为了推进情节发展而存在，福楼拜称之为"不同的艾玛灵魂的历险"。

　　早在舞会场景之前，艾玛和查尔斯的不合适就显而易见。查尔斯曾恬淡寡欲地忍受了自己的第一段婚姻，他终于在第二段婚姻中找到了"源源不断的幸福"，但艾玛仍然在寻找那种不切实际的激情，那是她在学校小说中读到的："一只巨大的、长着玫瑰色羽毛的鸟，在诗一般的天空中翱翔"。然而现实中，那只玫瑰色羽毛的鸟却是"一只无聊的伺机而动的蜘蛛"，它占据了她的生活。艾玛十分享受舞会上的时光，那个舞会让她有了短暂的喘息的时间。在那一刻，福楼拜决定让她从那个傍晚开始出轨。那个晚上过后，艾玛感到更痛苦，她瞥见了生来就注定的生活。在那光彩夺目的夜晚过后，她开始装病，尽管查尔斯在托斯特斯的工作很顺利，她依然说服查尔斯离开托斯特斯前往永维尔镇。在永维尔镇，莱昂百无聊赖地等着艾玛的到来。

　　早期的小说喜欢用并置的修辞手法，简·奥斯汀尤其擅长，但福楼拜坚信作者不应公开评论人物的行为，也不该用这种方法来引导读者。以下是艾玛和罗道夫坐在窗前，俯瞰农展会颁奖典礼的几行描写：

　　"如果说，前几天我来到你家……"罗道夫说。

　　"颁奖给康坎普瓦的比泽先生——"

　　"难道那时候我知道，我会和你一同前来吗？"

　　"70 法郎！"

　　"我曾尝试了 100 多次，试图离开你，但我还是一直跟着你，陪着你。"

　　"购买肥料……"

　　"就像今晚、明天，今后的每一天，我将和你共度一辈子！"

　　"颁奖给阿格伊的卡隆先生，一块金牌！"

　　10 页之后，当罗道夫勾引艾玛时，福楼拜形容，她看到周围的树林也成了美妙的胜景："树木似乎也散发着温情蜜意，她能感受到……自己的血液在皮肤下流动，仿佛一条汹涌的河流。"诗一般的段落以"罗道夫叼着雪茄，用他的小刀修补断了的缰绳"结尾。

　　在《小说的艺术》中，约翰·加德纳列出了一系列创作练习。其中一个练习是，从一个刚在战争中失去儿子的父亲的角度，在不提儿子和战争的情况下，描写一个谷仓。福楼拜是运用这种技巧的大师，他擅于用特定的细节描绘人物的外在和内心生活。这是艾玛在托斯特斯最绝望的时刻：

不过她最忍受不了的，是吃晚餐的时候，楼下的餐厅那么小，炉子冒着烟，门也嘎吱作响，墙壁渗着水，地上的石板也是湿漉漉的；人生的苦痛都仿佛盛在了她的盘子里，闻着牛肉散发出来的热气，她从灵魂深处泛起了一阵阵恶心。查尔斯吃饭花的时间很长，这时她会啃几颗核桃，或者支着胳膊肘，用刀尖在油布上划出一道道条纹，以此来打发时间。

正如之前描述艾玛和查尔斯在门槛上所做的一切，福楼拜依然用强烈的感知来表达强烈的情感。之前，树皮在渗水，雪在融化，整个世界充满了可能性。而现在，炉子冒烟，门吱吱作响，墙壁渗水。他描写了那间小屋子的沉闷，表达出房子对艾玛的影响，但他这么描写时，并没有在暗示这是艾玛的想法。

虽然福楼拜在开始写这部小说之前就已经知晓了艾玛的命运，但《包法利夫人》的成功之处在于，艾玛与他人的婚外情并不是一蹴而就的。她一次又一次地，试图逃避自己做出的选择。其中最有用的一条生路——母性，几乎已经被锁死。艾玛怀着孕来到了永维尔镇，她渴望能生下一个男孩。"男人，至少是自由的。他可以探索每一种激情，每一块土地，可以克服障碍，可以品尝不一样的快乐。但女人总是受挫……总有一些欲望诱惑着她，总有一些习俗束缚着她。"

当然，她指的是有钱的男人，像罗道夫那样的男人，可怜的查尔斯从未得到过自由。

当得知怀的是女儿的消息时，艾玛昏倒了。她给宝宝取名为贝尔特，这是一个她在舞会上无意中听到的名字，但她永远也不会喜欢这个孩子。在小说的其余部分，女儿对她的行为和思想几乎没有任何影响。

做一个母亲是没有安全感的。艾玛向宗教求助，但教会没能提供任何帮助。当她第一次发现莱昂爱上了她时，她很激动：她听到他的脚步声就颤抖，她为自己的德行骄傲，她被欲望和忧郁所折磨。为了抵御诱惑，她和神父进行了交谈：

> "你身体还好吗？"神父说。"不太好，"艾玛回答，"我很痛苦。"
>
> "可不是，我也一样，"神父说，"这几天天气一热，大家就开始变得浑身不自在，是不是呀？但这也没办法。正如圣·保罗说的，我们生来就是受罪。不过，包法利先生对此有什么高见？"
>
> "唉，他呀。"她轻蔑地说道。
>
> "什么！"这个心思简单的神父惊讶地问道，"他没有给你开药方吗？"
>
> "啊！"艾玛说，"我需要的可不是世俗的药方。"

两页过后，她选择了放弃：

> "你本来是要问我什么来着？"神父问她，"我记不清了。"
>
> 艾玛重复道："我吗？没什么……没什么。"

即使没有贝尔特和神父的帮助，她还是设法阻止了莱昂向她挑明感情。他没有意识到她也有同样的感受，他厌倦了她的逃避，前往了巴黎。

她的下一个追求者——罗道夫，一个年纪更大、更富有、更粗俗、行事更老练的男人。他毫不犹豫地在艾玛身上使用了情场老手的技巧和言语。

尽管包法利夫人对他的示好感到高兴，但她仍然在试图抵抗诱惑。她拒绝和他一起骑行外出，直到查尔斯劝她为了健康应该接受邀请。在树林里，她加入了"用诗意的语言描绘出轨行为的女人"的行列之中。

之后，她又在开始寻找逃跑这种关系的机会。渐渐地，关系越来越明了，罗道夫对她的激情更不是她想要的。"她甚至扪心自问，自己为什么看不起查尔斯，如果自己能爱他，情况会不会更好。"药剂师霍米斯建议查尔斯给马厩男孩的畸形足做手术。查尔斯因为手术而感到紧张，他并不需要通过这次手术来获得成就，但艾玛却对手术持乐观态度：

她觉得这台手术将会让他成名。"如果她能让他走上一条名利双收的道路，那将是多么令人喜悦的事啊！现在，她只想依靠比爱情更坚实的东西。"她不爱查尔斯，但如果他成功了，能给她想要的生活，那么也许那只玫瑰色羽毛的鸟就不那么重要了。福楼拜如此掷地有声地描写了艾玛对浪漫的渴望，对这种新鲜感的期待。谁不想逃避那只乡村中无聊的蜘蛛呢？

这场手术，尽管一开始看起来可能会成功，但一切又发展得太快，脱离了预定的路线。他们必须请一位外科医生前来，切除伊波利特腿上的坏疽。查尔斯丢尽了脸。至于艾玛，福楼拜给出了一个令人寒心的评价——她"没有感受到查尔斯的屈辱，她正在体验另外一种不同的屈辱：她曾幻想过这个男人可能有价值"。这个手术几乎贯穿半部小说，它是她灵魂冒险的基石。之后，她逃离情人的努力越来越无力。她开始向阿依古式的商人勒乐借钱，开始乞求罗道夫把她带走：

"但是……"罗道夫说。

"怎么啦？"

"那你的女儿怎么办？"

她沉思了一会儿，然后回答道："我们会带她去的，实在没有办法了。"

"好一个女人！"他自言自语道，然后看着她离去。

福楼拜在后面的几段话中，以一种犀利的并列手法描写了查尔斯回家后的情景，他深情地凝视着摇篮中的贝尔特，想象着她长大后会出落得美丽且有修养。

读者早在艾玛之前，就知道罗道夫会离开艾玛，毫无悬念。就像小说中的其他部分一样，我们阅读这部小说，不是去看会发生什么，而是去看一切是如何发生的。罗道夫写给艾玛的告别信，与福楼拜 15 年前写的欧内斯特给马萨的告别信如出一辙——每个人都为自己的逃避创造了看似高尚的理由。"命运是罪魁祸首，命运！"罗道夫写道。"'这个词总能带来很好的效果。'他自言自语地说。"确实如此。艾玛在看完他的信后病了 43 天。

福楼拜精通两种为大家所熟知的策略，它们经久不衰地吸引着读者的注意力：失败和反复。还记得那些女主必须敲三下门或爬七座山才能实现目标的童话故事吗？是霍米斯提议做那场失败的手术，现在，他又建议查尔斯为了包法利夫人的健康，带她去鲁昂的歌剧院看戏。艾玛不肯和罗道夫一同骑马，也不肯去看戏，但她的反对意见，一次次被查尔斯推翻了。当查尔斯在中场休息期间去买大麦茶时，不可避免地，艾玛和莱昂又相遇了。

莱昂的回归，就是作者对"反复"这种技巧的运用。

在第三部分开始时，莱昂和艾玛单独在一起聊天。他们的谈话与第二部分中两人见面时的谈话相似，又分别揭示了二人各自的变化。这位天真的办事员追随着罗道夫的脚步，变得更加大胆，更加擅于操纵人心。他声称自己已经立了一份遗嘱，在自己死后，一定要被埋葬在艾玛在永维尔镇送他的漂亮床单里。"他们都在为自己创造理想的生活，用来与现在相对抗，以改变自己的曾经。此外，演讲如同反复滚动播放的新闻，放大了人们的情绪。"

但在莱昂离开后，艾玛意识到自己处境的尴尬，她又试图进行了最后一次逃离。她写了一封信，向莱昂解释说，他们再也不能相见，却发现自己没有他的地址。她必须亲自把信送到两人约定见面的地点：大教堂。这一幕与前面两部分的舞会和农博会相对应，并以生动的细节展开。首先是从莱昂等待她的角度出发——"教堂就像一个巨大的闺房，把她罩在其中"——她终于出现在一片丝绸的沙沙声中，艾玛把手中的信塞进了他的手中。在圣母礼拜堂，她祈求神的帮助。不一会儿，教堂司事出现，他聒噪地想带两人参观教堂，而这时莱昂已经不能再忍受等待的痛苦。

他害怕自己的爱会蒸发，便把两人从教堂司事滔滔不绝的讲话中解救出来，然后唤了一辆马车。

我们没能跟随他们进入马车之中，所以不知道这著名的马车场景发生了什么。相反，我们看到了车外马车夫的疲意——"继续走！"每当马车要停下时，莱昂就叫唤道。镇上的人也都"惊讶地看着这在当地闻所未闻的事，一辆马车一次次地出现，窗帘掩得比坟墓还严实，马车颠簸得像海上的船"。在这里，我们可以一瞥艾玛的风采。她的手从百叶窗下伸出来，扔出了几张白纸，白纸像蝴蝶一样在风中飘散。她给莱昂的信，就止步于此。

白色的蝴蝶把我们带回第一部分的结尾，当艾玛收拾行李准备离开托斯特时，她在抽屉里发现了自己婚礼的花束，顺手把它扔进了火里。花束先是燃烧得很快，然后渐渐熄灭，"纸做的花冠萎缩了，就像黑蝴蝶一样沿着炉背盘旋，最后从烟囱中飞走了"。这种重复地使用意象，也是有一定风险的——世界的秩序密闭得比坟墓还紧，生活似乎永远一成不变——但福楼拜却能规避风险，因为他确信每一个意象都能与情节和故事背景融为一体。

婚礼的花束、潮湿的墙壁、渗水的树木，还有墓地、药房、河流、花园和收税员，所有这一切意象都使《包法利夫人》栩栩如生。我们怎么能质疑生活在这个仿佛触手可及的世界里的人物的行为呢？当布伊尔海特激励福楼拜写德拉玛的故事时，他也建议福楼拜把故事背景设置在诺曼底，因为他对这个地区非常熟悉。令人高兴的是，福楼拜听从了他的建议，这说明了好的背景设定可以成就一部小说。对托斯特斯、永维尔镇和鲁昂的具体细节的描写，使福楼拜能够把明显的巧合、平淡无奇的伏笔以及过于对称的结构安排得更自然巧妙。

福楼拜巧妙地描绘了艾玛希望的破灭。他写道，在出轨的过程中，她重新发现了婚姻的陈腐之处。还有什么比这更让人痛苦的呢？作为读者，我们只是发现了我们原本知道的：恋爱，只是艾玛所渴望的生活和激情的一种方式。她走在心灵之旅的路上。在莱昂的陪伴下，她参加了鲁昂的化装舞会。晚饭后，她沮丧地意识到，女人的社会阶级非常低。这种感觉与第一部分的华丽舞会形成鲜明对比。"这一切，"她想着，"甚至她自己，都叫人难以忍受。她希望自己能像鸟一样逃走，逃到很远很远地方，那里纯洁如初，她能重获青春。"

当她第二天下午回到家时，一张传票正等着她。她必须在 24 小时内付清 8000 法郎。艾玛四处奔波，寻找钱财——这让人们想到了她与莱昂同乘过的那辆马车。她与商人勒乐见面，苦苦哀求之后，勒乐依然心如顽石。她拜访了她认识的所有银行家。她向莱昂求助，但莱昂只是许诺给她介绍一个有钱的朋友，以此来哄骗她。她去见了公证人吉约曼先生，但她拒绝了吉约曼提出的不当要求。她甚至还去拜访了查尔斯。一直以来，她知道查尔斯会原谅她，这使她更加愤怒——"即使他给了我 100 万法郎，也不足以让我原谅他，向他敞开心扉"。最后，她想起了罗道夫，就像她在欢快的日子里所做的那样，她穿过田野走向他的家。接下来的对话是小说中最长的对话之一，时而浪漫，时而温柔，时而虚假，时而激烈，这次对话是表现绝望的对白典范。

正如信笺飘散如白蝴蝶的场景把我们带回花束燃烧如黑蝴蝶的场景一样，这次的对话让艾玛也回到了永维尔镇，当她奔跑向田野的时候，我们又回到了过去那绚丽的舞会。在药房里，她找到了一直默默爱着她的药房助理贾斯汀。

为什么福楼拜要让贾斯汀存在？

答案是：因为这样艾玛就可以走进上锁的房间，吃到砒霜了。

正如福楼拜所说，小说中的残酷元素无处不在。

福楼拜是一位现代派小说家，不仅因为他的尝试、野心和自我意识，还因为他知道调查研究的价值。他在农产品交易会上做过笔记，调查过贷款和债务的全过程，他还为艾玛设计过服装。在他的研究中，最细致的当数艾玛那漫长的死亡场景，那是她灵魂的最后一场冒险，这一场景不同于小说中的任何一个场景。我认为，许多小说家都不忍描写死亡时身体的细节和那种无情的绝望感。

小说以描写查尔斯结尾，和开头一样。他真的原谅了她的一切：债务、不忠，还有她对自己和贝尔特的忽视。他甚至原谅了罗道夫，在这个讽刺的时刻，他也为罗道夫找到了借口，正如罗道夫之前在信中告诉艾玛的那样："命运就是罪魁祸首！”

几年前，当我第一次读这本小说时，我几乎同意罗道夫对查尔斯的评价："滑稽可笑，甚至相当低下。"现在，在我看来，查尔斯对艾玛的爱就像一股纯净而永恒的感情贯穿小说，宛若一条"牛奶般的河流"。是的，我猜想查尔斯在了解了一切后，仍然娶了艾玛；但我也错了，幸福并不在他的掌握之中。毕竟，他只是福楼拜小说中的一个人物。这个19世纪伟大的作家，之所以属于现代作家的另一个原因，在于他对幸福的态度。"真奇怪，"他写道，"我生来就不相信幸福。在我很小的时候，我就对生活有了一种先入为主的印象。那是一种感觉，仿若厨房里那股令人作呕的气味从窗边漏了出来。"

在这种带有"气味"的生活氛围中，福楼拜创作了一部小说，把生动的现实主义、紧凑的三幕结构、反复和揭示等方法结合在一起。同时，因为他从未对自己的人物失去同情心，所以查尔斯和艾玛的婚姻，也称不上一败涂地。福楼拜是一个不安的现实主义者——他从来没有忘记勒普瓦范的浪漫主义，却能把现实主义运用得妙到巅毫。几年后，为了取悦乔治·桑（Georges Sand），他创作了《一颗简单的心》（*A Simple Heart*），他用一只吃撑的鹦鹉，确保"露露"神圣化之前的真实性。他精确的细节描写使不常见的行动、思想和情感成为可能。

当艾玛和罗道夫从窗口看向集市时，罗道夫讲着那些对其他情妇行之有效的浪漫的陈词滥调——那情妇，凯瑟琳·尼凯斯·伊丽莎白·勒鲁克斯，是一个在农场工作了54年，如同被授予了银牌的女仆。福楼花了很长的篇幅，描写她走近看台的瞬间。下面是福楼拜对她双手的极致描写：

谷仓里的灰尘，洗衣粉的碱水，还有羊毛上的油脂使她的手上起了一层靴皮，虽然用清水洗过，看起来仍然很脏。他们出于为他人服侍的习惯，手指都是张开着的，久而久之就合不拢了，那张开的手指，仿佛见证了她所受的苦痛。

第八章
如何讲述一个真实的故事
在这个世界上留下我们那儿的故事

1984 年，我的继母珍妮在苏格兰一个小镇的乡村诊所去世。当时我在波士顿的一所大学教暑期班，她去世得很突然。一天早上，我在去上课的路上，收到了一封来自姨妈的邮件。邮件中说珍妮摔倒了，已经住院了，但让我不用担心，她正在康复中。我不记得那天教了什么，但我能记得当时我的愤懑。我想，她的事故对我来说意味着新的问题和困难。当校长带着珍妮病重的消息走进我的办公室时，我仍然很恼火。我立即搭乘飞往格拉斯哥的航班回家。我打电话到医院，却发现她几小时前就已经去世了。一周后，我收到了一张迟到的生日卡片，从地址上看卡片是护士代写的，珍妮自己也在卡片上，摇摇晃晃地签了字："亲爱的玛戈"。

我没有去参加她的葬礼。我知道我以后得回去处理她的财产问题，但当时我太贫寒，无法承担两次跨大西洋的旅费，我也太年轻了，不能理解参加葬礼的复杂原因，我想没有人会因为他人的缺席而生气。但我决定写一个关于她的故事。问题在于，怎么写？

珍妮嫁给我父亲时，她已经快 60 岁了，我只了解她过去生活中发生的某些事。我想忠于她的记忆，忠于我所理解的事实——当然也包括我们之间深深的隔阂。然而，如果只叙述事实，只能写出一个单薄、不丰满，且不体面的故事。我需要记忆力和想象力。

在一个萧瑟的秋天，我写下了《用心学习》(*Learning by Heart*)。这是一篇很长的故事，有 100 来页，两个叙述者交织讲述这个故事。其中一条叙述线，讲的是在继母影响下的童年和青春期。我利用记忆中的素材写作，仿佛在写一篇随笔。虽然这是一个故事，但我希望读者认为所有事情确确实实发生过。另一条叙述线是我对珍妮生活的想象，她的生活开始于苏格兰东北部的一个小农场，结束于公寓地板。我在纸上幻想那些我不知道的生活，我向读者暗示，这部分内容在某种程度上说也是真实的。

我不确定《用心学习》是否能成功，但从那之后，不论课堂内外，我都在思考如何才能完善在写故事时做出直觉的选择。我开始注意到，我有时会给学生提出自相矛盾的建议。一个学生给我讲了一个有三个孩子的家庭的故事。我说："你为什么选择埃德温娜、玛格丽特和西奥？他们会令读者感到困惑。为什么不把埃德温娜和玛格丽特合并成一个人物，让这个家庭只有两个孩子呢？"后来，我发现自己说的又完全相反。"为什么只有三个孩子？为什么没有五个呢？对于破产的家庭，或许他们应该有七个孩子。"

在第一个建议中，我建议学生按照传统故事的套路写作：一种权宜之计。理想的情况下，每个句子应该做到以下三点：揭示人物、推进情节、深化主题。这种叙述方法的有趣之处，不在于我们认为自己阅读的是真实世界，而在于把那当成一个和现实对称的世界——简而言之，正如 E. M. 福斯特所说，我们生活在一个秘密和人类的行为都没有意义的星球上。我把它称为"传统叙事"。

至于第二个建议，我希望小说里有五个，或者是七个孩子，这是一种替代性的策略。这类故事的权威感部分来源于真实性。强化故事的方法就是增加真实性。相比前面提到的套路，我宁可学生把故事变得更混乱，换句话说，让这个故事更栩栩如生。因为没有更恰当的词语来形容这种方法，所以我把它称为"反传统叙事"。

依我之见，21 世纪乃至 20 世纪，越来越多的作家选择创作有五个孩子而不是两个孩子的家庭。我们可以发现，一个又一个故事，一部又一部小说，作者和人物之间的界限，真实和想象之间的界限，是模糊的。我们的阅读经验更接近于阅读自传、回忆录或史籍。我并不是说，只有两种截然相反的选择。相反，我看到了两者之间持续的流变，从"很久很久以前……"狼能扮祖母的故事，一直到采用"反虚构法"介于虚构和现实之间的状态的作品——例如在琼·狄迪恩（Joan Didion）的小说《民主》（*Democracy*）和蒂姆·奥布莱恩（Tim O'Brien）的《士兵的重负》（*The Things They Carried*）中，人物的名字与职业完全与创作者相同。

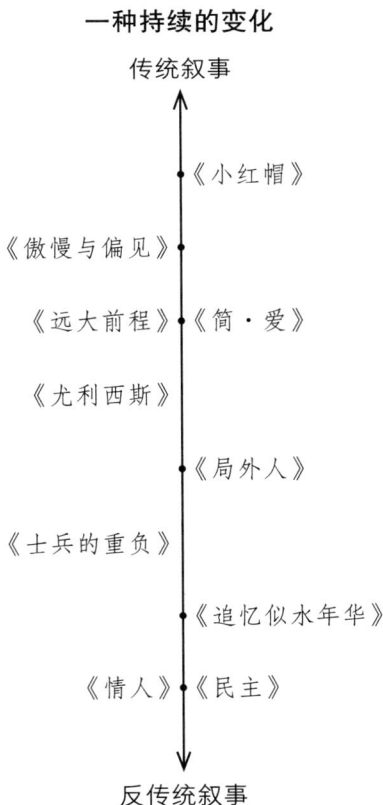

一种持续的变化

传统叙事

《小红帽》

《傲慢与偏见》

《远大前程》《简·爱》

《尤利西斯》

《局外人》

《士兵的重负》

《追忆似水年华》

《情人》《民主》

反传统叙事

　　看到这种持续的变化，我就在想，这种选择的背后是什么，以及这种变化想暗示读者什么。第一个问题如同推测彗星的尾迹。我怀疑，大多数作家做出这些选择都是无意识的，因为他们与素材的关系，就像我和素材的关系一样。但进行更深层次的探讨，继续探索彗星的碎片，那些隐藏的问题就会浮出水面：我们怎样才能赋予作品权威性？在我继母生命的最后的时刻，她鲜有访客。我有什么资格，要求我的读者加入这些访客之中？我有什么资格让读者一同走进她的世界，忍受那些墙纸和沙发罩，忍受她专横的话语？

　　最近我想家的时候，重读了罗伯特·路易斯·史蒂文森的《化身博士》(*The Strange Case of Dr. Jekyll and Mr. Hyde*)。这是一部关于双重人生的代表性小说。史蒂文森称，他做了一个梦，然后疯狂地花了三天时间创作了一份初稿，因为妻子批判，他又把小说烧掉了。不管真相如何，这部小说在不到三个月的时间里就写完并出版了，而我读得也很快。虽然小说的背景设定在伦敦，但那里的黑暗和大雾击中了我，让我不可救药地把它当作苏格兰。这次重读，我震惊于史蒂文森对材料的使用：杰科博士的信件和他的"所有案件综述"。在看了其他几部 19 世纪的小说——《弗兰肯斯坦》(*Frankenstein*)、《呼啸山庄》《德古拉》(*Dracula*)、《白衣女人》(*The Woman in White*)之后，我发现这些作品都包含无数的信件、日记、遗言。这些作者知道，他们笔下那些不可思议的故事需要被证实，他们对待读者，就像检察官对待陪审团一样，用专家、证人、证词来轮番轰炸。

而在 20 世纪，这样的写法已经不再流行。实际上，我想不是因为这种写法过时了，而是因为读者变得更容易相信故事了。这里有非常多具有代表性的反例。纳撒尼尔·韦斯特（Nathanael West）的短篇小说《寂寞芳心小姐》（*Miss Lonelyhearts*）讲述了纽约一家报社的专栏作家逐渐屈服于绝望的故事，小说的精彩之处在于，故事里专栏读者的信与小说的情节关系不可分割。最近，A.S. 拜厄特（A.S.Byatt）在她的小说《占有》（*Possession*）中也加入了自己虚构的诗歌，旨在向 19 世纪的作品致敬。这部小说吸引了许多读者，但我想很多人很快就意识到，他们可以不用读那些诗歌就能跟上情节。如今，我们可以看到，作者们都在使用电子邮件、文本、备忘录和博客来填充自己的创作。读者们喜欢这些手段，但也只是在某些特定情况下才喜欢。概括地说，我们的读者已经下定决心把将记忆置于想象之上。

在目前的情况下，一部以阿富汗或伊拉克为背景的小说，如果作者从未去过这些地区，就不太可能会像《红色英勇勋章》（*The Red Badge of Courage*）那样受到读者的欢迎——《红色英勇勋章》的作者斯蒂芬·克莱恩（Stephen Crane）在内战后用了近 30 年的时间研究战争。战争、种族、疾病、性取向等题材，往往被看作是不适合想象的题材。我们希望作者能写出真实的历史记忆，哪怕这种记忆不是个人的记忆——美国出生的犹太作家写大屠杀，总归比没有亲历过大屠杀，也没有犹太背景的作者来写要好。作家，与其他职业一样，都需要有资格才行。

我们对第一人称叙述者的反应，揭示了我们对虚构与现实关系的困惑。除非得到非常确切的指示，否则读者往往会认为，第一人称叙述者与作者性别相同、经历相同。当我听说詹姆斯·鲍德温的母亲跟着他的棺材走进圣·约翰教堂时，我非常震惊。但是，我的内心抗议道，鲍德温的母亲不是已经去世了吗？我们不应该把作者鲍德温的生活和故事《桑尼的布鲁斯》中主人公的生活混为一谈。在《用心学习》中，我没有用太多篇幅定义第一人称叙述者是一个年轻女性，即另一个版本的我，我知道读者无论如何都会觉得这个叙述者是我。

读者对叙述者的设想会对我们的作品产生很大的影响，如果我们试图颠覆这种设想，影响会更大，尤其对那些以男性视角写作的女性作家来说。自从丹尼尔·笛福的《摩尔·弗兰德斯》出版以来，不少男性作者就开始自信地以第一人称和第三人称写关于女性的故事。十几位经典的女主角——帕梅拉、莫勒、莫莉·布鲁姆、艾玛·包法利、安娜·卡列尼娜、伊莎贝尔·阿切尔，从我的书柜里走出来，舞动着裙摆向创作者致礼。相对来说，女作家笔下的男性人物就没那么多。乔治·艾略特能和她笔下的男性感同身受；在薇拉·凯瑟（Willa Cather）的笔下，小说《我的安东妮亚》中就有一位男性叙述者，但他却被女主人公复杂生活的阴影所笼罩；玛格丽特·尤瑟纳尔（Marguerite Yourcenar）的《哈德良回忆录》（*The Memories of Hadrian*）在很长时间内几乎和她笔下伟大的帝王一般孤独。直到不久前，女性作家处理笔下的男性角色才显得更裕如，就像柳原汉雅（Hanya Yanagihara）写《渺小一生》（*A Little Life*）那般。

　　乐观地说，我想，作者的权威性缩小，根源之一是标准变了，还有人们普遍认识到，少数群体愿意且能够为自己发声。但我也想知道作者权威性的缩小，是否与反虚构的潮流有关。作者一直在鼓励读者将虚构的故事带入现实世界中，但现在，就算我们想这样，也很难做到了。刘易斯·卡罗尔在《西尔维娅和布鲁诺》（*Sylvie and Bruno Concluded*）中写的寻找地图的故事，就如同这种情况的寓言。当图纸一点点变成真实的建筑，农民们开始抗议它挡住了太阳光，毁掉了庄稼。

　　先抛开这些关于权威性和自传的争论不谈，我想更深入地探讨是什么让读者仅仅通过阅读，就能断定哪些故事是真实发生的，而哪些故事是虚构。就像求职面试一样，第一印象至关重要，所以让我们一起看看那些耳熟能详的作品的开篇。

下面，请和詹姆斯·乔伊斯的《尤利西斯》一起开始远航：

> 体态丰满而又健壮的勃克·穆利根出现在了楼梯口，他手里端着一钵肥皂泡，上面交叉放着一面镜子和一把剃须刀。一件黄色的浴衣披在他身上，他没有系腰带，清晨的风把浴衣吹得向后蓬起。他把那只钵高高举起，吟咏道：我要走上祭台。
>
> 他停下脚步，向那阴暗的旋转楼梯瞟了一眼，粗声粗气地喊道：
>
> 上来，金赤！上来，你这个胆小的阴险之人！

上面所发生的事看起来很真实。事实上，当代作品描写日常生活并不新鲜，但乔伊斯在此处给了我们一些不容置疑的暗示，那就是我们生活在一个虚构的星球上。这些暗示的特点包括：

1. 叙述者不可见。

2. 写作这一行为是隐蔽的。我们得相信，所有这些词语可以不经意间跃然纸上。

3. 人物可以通过动作和对话来展示。

4. 没有必要对叙述者进行初步解释。

5. 细节特殊，风格更强。

6. 叙述者和人物的口才都异乎寻常的好。

从最早的听读阶段，我们就已经学会了把上述内容当作虚构小说的特征。我们不允许把这类文体当作自传或史籍。

而普鲁斯特（Proust）在《在斯旺家那边》（*Swann's Way*）的开头写道：

> 有很长一段时间，我都睡得很早。有时，当我熄了蜡烛，我还来不及思量"我要睡觉了"，眼皮就已经合上了。半小时后，我该睡觉的念头袭上心头时，我却又清醒了，我以为我手上还拿着一本书，我想着把它放下，然后把蜡烛熄灭，在我快睡着的时候，我却一直在想着我刚才读过的东西，我的思维又打开了一条缝，仿佛我和这本书真的融为了一体：教堂、四重奏、弗朗索瓦一世和查理五世之间的纷争。

这段内容，探讨清醒与睡眠，书本与自我之间令人困惑的关系。在梦幻般的状态中，叙述者思考着写作的行为："于是，这本书的主题将与我分离，是否成为它的一部分，任由我自己选择。"这部分叙述缺少对话，不直接。作者告诉我们的是回忆中的事，最值得注意的是，我们被放在叙述者面前，而这个叙述者并没有立即与作者区别开来。《追忆似水年华》中叙述者独生子的身份至关重要，我想或许所有读者发现普鲁斯特原来有一个哥哥时，都会感到十分惊讶。当然，普鲁斯特不仅容忍，甚至纵容我们产生困惑，所以这样的误解可以被原谅。这部小说叙述者的名字，最后也选择了与作者同名。

除了以上内容，这两种伟大的开场白之间，有一个重要且显著的区别，即第三人称和第一人称。第三人称的叙述，叙述者属于"很久很久以前"的传统，他做好了向我们讲述一个故事的姿态。叙述者并没有告诉我们，她本人在面对狼外婆时的情况，而选择向我们讲述小红帽的困境。

在《用心学习》的创作中，总的来说我采用的叙述非常传统。我用第三人称来描述虚构的珍妮的生活，然后用第一人称来描述"我"参与其中的生活，或者说那些想让读者相信我经历过的生活。但是，如果没有普鲁斯特和众多作家作为榜样，我对"第一人称"的使用就不会成为可能。在《追忆似水年华》之前，有很多小说使用了第一人称，例如《项狄传》《红与黑》(*The Red and The Black*)，甚至《简·爱》，我认为在阅读这些小说时，读者没有把作者和叙述者混淆的倾向。

不仅如此，这些作者还仔细地将自己与叙述者分开。让我们一起看看《远大前程》的开篇：

我父亲那边是姓皮利普，我的教名是菲利普，但是在我小时候，我不太灵光的舌头只会说"皮普"。
所以我叫自己皮普，皮普就成了大家叫我的名字。

狄更斯提到皮普名字的频率太高了吧？继续读下去，我
们发现皮普在描述亲戚的墓碑时，尽管语言风格明显，尽管
事情明显是过去发生的，但回忆和写作的行为都没有在文中
透露出来。第一个蹦入我脑海的想法是，即使是一个对狄更
斯生活一无所知的读者，也不会怀疑这是一篇小说。读者
被如此明确地告诉我们故事是虚构的，以至于我们就算会
问"王子真的能爬上公主的头发吗"这样的问题，也不会问
"作者写的是虚构的还是真实的"这样的问题。

这样的开头，后来被塞林格（Salinger）笔下的叙述者
霍尔顿·考尔菲尔德十分疯狂地颠覆了，他宣称不会告诉读
者"我在哪里出生，我糟糕的童年是什么样子，还有……所
有诸如大卫·科波菲尔式的废话"。

如果谈到对文学的影响力，我认为普鲁斯特的影响力远
远大于乔伊斯。在《追忆似水年华》出版之后，一系列虚构
的回忆录（法国人称之为"自传体小说"）如雨后春笋般出
现，其中一些试图进一步发展反传统叙事。为什么这些素材
会以小说的形式出现，小说能发展到何种程度，这是一个值
得深思的问题。1984 年，法国作家玛格丽特·杜拉斯在沉
寂许久之后，出版了一部短篇小说《情人》（The Lover）。小

说围绕一名 15 岁半的法国女孩和她 27 岁的中国情人的关系展开。美国版《情人》的封面上有一张杜拉斯年轻时候的照片，而评论也广泛地提到，这部小说虽然不是自传，但也非常接近了。

抛开营销的技巧不谈，《情人》开篇最引人注目的一点是，第一人称的叙述者似乎与作者分享所有视角，她穿梭于法国和中南半岛之间，穿梭于现在的自己和 15 岁的自己之间。

我想，这种写作手法可能会导致文章或结构的凌乱，但实际上，它却加深了读者对事件的感知，它让读者觉得这些事是真实发生的，而不是想象的。作者回顾多年前发生的事，找出她想告诉我们的故事。当我回到《用心学习》，我发现我在不知不觉中也使用了同样的策略。珍妮的故事，我想象的故事，夹杂着记忆或倒叙，使故事稳步向前推进。想要让故事不凌乱，本来就很难。在我把记忆和想象结合起来，试图尽可能多地从现实世界偷取素材时，我发现故事很难按时间顺序推进。在讲述珍妮和我父亲的婚姻时，我跳过了将近 25 年向大家讲述当我读到她的信时是什么感受。我一遍又一遍地读着大家祝贺她的话："你的丈夫是个幸运的人，我们祝你幸福。"我渐渐明白，珍妮完全没有向别人提到过我的存在。

在 19 世纪，杜拉斯可能会用信件或一本煽情的秘密日记来支撑她的故事。然而，在 20 世纪后期，她靠的是在现实与虚构之间实现平衡的技巧。没有人能够怀疑《情人》的故事情节，因为她声称这是真实发生过的事，当然，如果迫于压力，她也可以反击说这是虚构的，是作者创造了一切。在《情人》中，小说的叙述者多次声称自己从未提到这些故事，而现在她打算说出全部的真相。在出版不久之后，狡黠的评论家们在这部小说中发现了一个核心漏洞，随后，杜拉斯也同意了他们的观点。1991 年，她出版了《中国北方的情人》（ *The North China Lover* ），书中揭露了《情人》中隐瞒的内容，即叙述者与自己的小哥哥的乱伦关系。

我并不想让人觉得，我在指责杜拉斯撒谎。我关心的并不是小说中描述的事件是否真实地发生了，而是作者使读者相信，故事可以映射现实世界的写作技巧。无论传统叙事、反传统叙事，还是写散文，都会有所省略和选择。在我发现普鲁斯特有一个哥哥这一事实之后，他笔下独生子的真实性并没有消减。在《用心学习》一书中，我详细描述了与父亲和继母一起生活时的孤独，但我也没有提到那些给予我庇护的邻居们。我想，这一省略不仅是为了博取读者的同情，也是为了清晰地渲染我与珍妮的关系。作者省略了什么并不值得批评，但有时，省略的确会使小说显得平淡，不够戏剧化。

内容含糊不清、引用或回忆、在虚构和非虚构之间切换、鲜少采用对话，这些都会让人产生这是非虚构作品的幻

觉。有一个我很少建议学生使用的方法——我颇为不安地称
其为"糟糕的写作"。如果我们停下来去想一下（当然我们
不会这么做），我们会发现原来那么多人物和叙述者，口才
好到不太真实。因此，一个作家要想使自己的作品更真实，
其中一个方法就是采用"糟糕的写作"法。

你可以从阿尔贝·加缪（Albert Camus）《局外人》的开
头，看到我所说的这种处理方式，当然了，这部小说本身并
不是"糟糕的写作"：

> 今天，妈妈去世了。也许是昨天去世的，我不知
> 道。我收到养老院发来的一份电报："妈妈已故，葬
> 礼在明天。敬上。"
>
> 养老院位于马伦戈，离阿尔及尔大约 80 公里。我
> 明天下午乘两点的公交汽车过去。这样我就可以在那
> 里整夜守灵，明晚再返回。我向老板请了两天假，他
> 没有拒绝我的理由。

严肃地说，把这种写作称为"糟糕的写作"方法，一定
是犯了一个可悲的错误，但看上去，这些精心设计的句子扁
平，过于简单。即使它们体现了福楼拜所说的"细节的基本
准确性"，很多作家还是会犹豫是否要写这样的句子。它们
看起来太朴素，单薄。但在《局外人》中，这些简单的句子

却行之有效地创造了一个生动而令人信服的叙述者，他的语言充满暴力又缺乏自省。不确定性在这里进一步强化了小说的不可靠性："今天，妈妈去世了。也许是昨天去世的。"但毕竟，这是虚构的，我们没有任何不相信的理由。

用开头的几句话，加缪把我们带到了这样一个场景中：叙述者默尔索在沙滩上杀死了一名男子，他对这一罪行没有丝毫悔意。这就引出了另一种反传统叙事的技巧。

动机是故事说得通的重要因素。可怕的事情可能会发生，事实上它们经常发生，但我们不知道它们为什么发生。读者沉迷于了解故事的动机，即使作家试图阻止他们，读者仍会坚持寻找人物行为的动机。但在现实世界中，行动和动机之间并没有那么紧密的联系，这可能会让人吃惊，但却是事实。抛开报纸上复杂的社会问题不谈，家人和朋友的行为我们都很难理解。而我认为，理解自己是最难的。我们很容易写出"他害怕生气是因为……"或"她不能完成小说是因为……"这样的句子，然而用这样简单的逻辑方式思考我们自己的行为却十分困难。几个小时的对话、治疗、在阿巴拉契亚国家步道徒步，可能有助于我们理解内在的自我，但这种方法往往非常短暂。加缪《局外人》的一大成功之处在于，他创造了一种更为复杂的心理，我们无法对其条分缕析，而是像面对自己一样，感到神秘不可解。我们就是自己的未知之地，潜龙之图。

在写关于珍妮的故事时，我不愿意，甚至拒绝思考她行为的动机。她是我童年时代的巨人，时间和死亡都不能否认这一点。我知道我无法给读者带去传统小说的乐趣：无法向他们解释小说中的因果关系。所以我不得不用反传统叙事的技巧暗示我和珍妮的故事确实发生过。

＊　＊　＊

个人经历出现在小说中很常见，但令人惊讶的是，虽然有很多令人钦佩的小说涉及战争、科技、政治、石油开采、移民、南特敕令，大多数小说几乎不会提及时事。简·奥斯汀经常因为没有提到滑铁卢战役而受到责难（尽管只有《劝导》是在战后写的）。大多数作家，几乎只关心人物之间的关系。《渺小一生》的故事时间跨度有数十年，但柳原几乎没有提及美国政治。我们很少通过小说了解时事——只有奇怪的报纸标题，或几句新闻广播。也许这暗示了作家和读者都渴望艺术能超越日常生活。也许也因为，当提及时事时，小说就会面临解读事件或过时的危险。

不管排斥时事的根源是什么，这意味着，一旦我们开始把人物和现实世界联系起来，我们就朝着反传统叙事的道路又迈出了一步。从 9 岁到 13 岁，我进入了一所女子学校，我每晚都祈祷这所学校被大火吞噬或被飓风夷为平地。但在《用心学习》一书中，我却解释过，这所学校之所以最终关闭，不是因为我的祈祷成真了，而是因为英国殖民地在缩小。（在我的小说《杰玛·哈代》中，我进行了报复——重新命名了学校的名字，使它变得比狄更斯小说中的学校更残酷。）

　　下面是我建议的写作技巧。

传统叙事	反传统叙事
井然有序	凌乱
叙述者可以隐身	叙述者现身
隐藏写作的行为 / 回忆	展示写作的行为 / 回忆
行动 + 对话	缺乏即时性
风格明晰统一	含混
时间顺序 A > B > C	跳跃 / 穿梭
雄辩	故意写得很差
人物的言行与心理学有关	人物的言行无因果关系
没有历史	涉及历史
简洁	混乱
几乎没有偶然和意外	存在偶然和意外

　　以上所有技巧（除了"故意写得很差"之外）在蒂姆·奥布莱恩的《士兵的重负》中都发挥了非常重要的作用。事实与虚构之间的关系也是小说的主题之一。为了简单起见，前面我把传统叙事与反传统叙事分开来谈，仿佛这

些技巧是对立的，但事实上奥布莱恩和很多我喜欢的作家，都展示了如何将两种技巧成功地结合在一起。在《士兵的重负》中，有传统叙事的《宋的情人》（"Sweetheart of the Song Tra Bong"）——一名士兵将女友偷渡到越南的故事，也有到高度反传统叙事的故事《如何讲述一个真实的战争故事》（"How to Tell a True War Story"）。在反传统叙事的小说中，奥布莱恩展示了明晰的故事性，却用历史细节、含混和视角转换来拒绝一种简单的因果心理。他经常直接告诉读者他正在回忆及写作："我43岁了，现在是一名作家，即使在这一刻，我仍然幻想琳达活着。"

在《如何讲述一个真实的战争故事》中，叙述者说，如果你问故事是否真实，你会得到属于你的答案：

> 打个比方，我们都听说过吧，四个人沿着小路走。出现了一颗手榴弹，一个人跳出来抓住了它，救了他的三个朋友。
>
> 这是真的吗？
>
> 这个答案很重要。
>
> 如果它不曾发生，你会觉得自己被欺骗了……即使真的发生了……你知道这不可能是真的，因为一个真实的战争故事并不依赖于这种真相。真相与事情是否发生过无关。有的事可能会发生，但它是一个彻头

彻尾的谎言；有的事可能不会发生，却比事实的事件
更接近真相。

我认为，奥布莱恩在这里写出了所有严肃作家的窘境。
无论我们如何对待我们的作品和世界，我们都在试图捕获超
越现实的真理。

大量例子都能证明反传统叙事的优点，在讲故事时我
们可以运用它们，以免让读者觉得这些故事读起来牵强、极
端。但这种方法也有弊端。我的朋友写了一篇他在以色列的
经历的文章。"很好，"编辑看后对他说，"但是谁会想要读
你的故事呢？"这个问题让人心寒，但当我听说以后立即问
了自己同样的问题。我思考了许久，很奇怪，我永远也不想
写自传，因为我的生活如此平淡，但我却在坚持创作一个自
传般的故事。

这种矛盾根植于小说与艺术的本质之中。艺术具有变
革的力量，能够升华最黯淡无光的日常生活。《包法利夫人》
通过充满戏剧性的情节让居斯塔夫·福楼拜一战成名，在20
年后，福楼拜在《简单的心》中，把一个受教育程度不高的
侍女和鹦鹉的故事，升华得更能产生共鸣，充满美感，最终
实现了精神的超越。

然而，就珍妮而言，我对自己升华现实的能力缺乏信
心，有太多我想偷偷写入故事的东西，那些东西其实我并不

了解。我永远也不会把所有东西都写成故事，相反，我试图创造出一种错觉，那就是珍妮按照我描述的方式生活和死亡。我知道这可能会吸引人，但如果做得不好，读者就会不禁怀疑：我为什么想读珍妮和你的故事？

年轻的时候，我是凭直觉做出这些选择的。年纪和经验渐长后，我终于明白这些技巧是多么有用，它们可以帮助我讲述那些我曾经无法讲述的故事。在《君主论》(*The Prince*)中，佛罗伦萨的哲学家、外交家马基亚维利诱使君主成为骗子，作家们有时需要听从他的建议。我们想讲的故事，很多是传统的，读者可以从舌战群儒的人物、一丝不苟的叙述者、令人愉悦的因果关系中找到乐趣。但我们也会想讲一些太不可信、充满矛盾、心理上难解的故事，它们不适合于传统的虚构星球。只有提出一种不同的本体论，一种与现实世界不同的关系，我们才能说服读者停止质疑。这就引出了反传统叙事的小说，这颗黑暗之星。

我们的作品会以传统还是非传统的形式出现？普鲁斯特书中的叙述者说："我的书的主题将与我分离，让我自由选择是否要成为它的一部分。"无论我们是躲在与自己截然不同的第三人称或第一人称的叙述者背后，还是鼓励读者将故事中的"我"与生活中的"我"合二为一，我们都是在为自己的作品寻找权威性。

关键取决于素材的来源。

第九章

莎士比亚之于作者

跟戏剧大师学写作

我也不敢说莎士比亚是陪伴我一生的作家，尽管我在母亲子宫里的时候，母亲就参加了《第十二夜》（*Twelfth Night*）或《哈姆雷特》的排演。我想，母亲在那时应该还为我朗读过兰姆（Lamb）的《莎士比亚故事集》。作为一名护士，在第二次世界大战期间，她靠阅读熬过了数月的夜班生活。而我父亲，他经常在困难的时刻引用《李尔王》的台词抱怨："逆子无情甚于蛇蝎。"我本人和莎士比亚的关系，始于9岁那年的演说课。演说课是在我当时就读的女子私立学校的会客厅里举行的。我记得我躺在地毯上，凝视着贴有黄色布料的墙壁，练习从膈膜呼吸。

然后我被叫起来，背诵精灵帕克在《仲夏夜之梦》中的演讲：

我已经在森林中走遍，

但雅典人还不曾瞧见，

我要把这花液涂在他眼上

试一试这爱情激起的力量。

后来，我在《威尼斯商人》（*The Merchant of Venice*）中被选作扮演夏洛克（Shylock）的女儿杰西卡（Jessica）。我饶有兴致地注视着另一个 9 岁女孩扮演的洛伦佐（Lorenzo），她说：

月光多么恬静地睡在山坡上！

我们就在这儿坐下来，让音乐悄悄送进我们的耳边；柔和的静寂和夜色，最足以衬托出音乐的甜美。

坐下来，杰西卡。瞧，天空中嵌满了多少灿烂的金钹。

你所看见的每一个微小的天体，在转动的时候都会发出天使般的歌声，永远应和着嫩眼的天婴的妙唱。在永生的灵魂里也有这一种音乐，

可是当它套上这一具泥土制成的俗恶易朽的皮囊以后，我们便再也听不见了。[1]

---

[1] 此处选用了朱生豪先生的译本。

杰西卡如何回应这些美丽的话？我很遗憾她只说了一句话："听到甜美的音乐，我也不会快乐。"难怪我如此羡慕我的求爱者，还记住了她的台词。

从那时起，我每年都学了几部戏剧。我尤其着迷于《麦克白》（*Macbeth*）的苏格兰背景。在去看望姑妈的路上，我们经常开车经过伯纳姆森林，我记得女巫们对麦克白承诺说他永远是安全的，直到伯纳姆森林向丹森兰山靠近——士兵们拿折断的树枝伪装成森林，多么巧妙地颠覆了这一承诺。在 20 世纪 90 年代，伯纳姆镇提供了一个"体验麦克白"的项目，可惜在我探访时这个项目已经终止了。

尽管和莎士比亚相识已久，但我最近才开始考虑，作为一个作家，我能从伟大的前辈身上学到什么。莎士比亚的大部分戏剧，都被山一般高的文学评论围绕，看起来遥不可及。但一旦我们跨过这些高山，或者说从自己的角度出发，忽略高山的存在，他所写的作品就是闪光的宝库，充满了对作者有用的箴言、写作技巧，还有华丽的语言。

尽管莎士比亚的生平履历仍然是个谜团，他的生平对我们了解他的作品帮助不大，但仍有一些关键的事实与他的作品密切相关。

据说，莎士比亚生于 1564 年 4 月 23 日的圣乔治节，并于 1616 年的同一天去世。他的母亲是一个富裕的地主家女儿，他的父亲从事手套、皮革和羊毛贸易。也有人说，他的父亲也放贷，这使人们重新思考对《威尼斯商人》中夏洛克的恶评。莎士比亚于 1582 年与安妮·海瑟薇（Anne Hathaway）结婚，那时他 18 岁，她 26 岁；他们的第一个孩子苏珊娜在 6 个月后出生。不久之后，双胞胎哈姆内特和朱迪思在 1585 年出生了。关于莎士比亚如何从埃文河畔的斯特拉特福一路来到伦敦，如何从一名演员，成为剧作家和剧院经理的事实较少，传说很多。1595 年，他成了张伯伦勋爵剧团的高级成员，1598 年，他入股了新的环球剧场。这期间，他的家人似乎一直留在斯特拉特福德。像他笔下的众多角色一样，莎士比亚一直辗转于两个世界之间：繁华的都市伦敦和宁静的乡村小镇。52 岁时，他在斯特拉特福德去世。

无论莎士比亚一生中做过什么，有一点可以肯定：他写作。他创作了 36 部戏剧，多首长诗，还有无数深受人们喜爱的十四行诗。他所创作的戏剧，大约有一半经常被搬上舞台并受到观众欢迎。

看看其中那些较为一般的作品，虽然作品中有精彩的时刻、华丽的辞藻，但我也发现他有两个惯用的套路：身份伪装或错位，还有（令人难以置信的）假死。在《辛白林》（Cymbeline）中，女主人公伊摩琴女扮男装成费代尔，在一具无头尸体旁醒来——她误认为那是她丈夫的尸体，但事实上那是暴徒克洛顿。莎士比亚也不总是灵感四溢，有时他也需要多次尝试才能找到合适的素材，这点颇令人感到欣慰。而《冬天的故事》（*A Winter's Tale*），写于《辛白林》完成后的第二年，同样也使用了假死和伪装，却实现了更加令人满意的戏剧效果。与此相似，1590 年出版的《亨利六世》（*Henry VI*）也为《亨利四世》（*Henry IV*）的创作打下了基础。（历史戏剧也不一定是按时间顺序创作的。）

这也提醒我们，几乎所有作家都会不自觉地囿于自己的创作模式。年轻的作家常常觉得可以重复创作模式，因为没人能注意。但是，如果我们想继续创作，就必须越来越警惕那些核心素材，以防被引诱到重复创作的错误道路上。

为了认真地看看我能从莎士比亚那里学到什么，我翻阅了他最著名的四部戏剧。首先，一部喜剧：创作于 1595 年的《仲夏夜之梦》。第二部，历史剧：《亨利四世》上篇，可能写于 1596—1597 年。第三部，我称之为"悲喜剧"：《威尼斯商人》，于 1605 年正式上演。最后是悲剧《李尔王》，1606 年 12 月 26 日，作为庆祝圣诞的活动首次登上舞台。

首先，让我简单介绍一下每一部戏剧。《仲夏夜之梦》通常被视为莎士比亚的第一部成熟戏剧，无疑是他最受观众喜爱，最常上演的戏剧之一，尽管这部戏剧的成功部分归功于奥维德（Ovid）的《变形记》（*Metamorphoses*）。《仲夏夜之梦》是伊丽莎白时代最畅销的剧作，它也是莎士比亚为数不多的幻想剧之一。这部剧的内容既复杂又简单。赫米娅想嫁给拉山德，而不是父亲所选择的狄米特律斯——狄米特律斯是拉山德的好朋友海伦娜的挚爱。这四个彼此羁绊的恋人逃离了忒修斯的宫廷，躲在雅典附近的一片森林里，在那里他们陷入了仙王、仙后，奥布朗与泰坦尼亚之间的爱情纷争中。剧中的雅典人也在排练他们自己的戏剧，剧中剧讲的是不幸的恋人皮拉摩斯和提斯比的故事。魔法接二连三。最后，恋人们从树林里走了出来，得到了完美的结局。

《亨利四世》的上篇则向我们讲述了哈尔王子，也就是未来的亨利五世，如何从伦敦的酒吧和妓院中崛起，成为一个值得托付的继承人的故事。和《仲夏夜之梦》一样，这出戏的背景也设置在两个世界之间：酒精和无序的世界——在这个世界，矮壮、精明、务实的福斯塔夫是主宰；而在另一个充满政治野心和动荡的世界，哈尔的父亲亨利四世正努力使自己权力在握。这让大家不禁好奇，这位放荡不羁的王子是否会迎接挑战，战胜野心勃勃、成就斐然的霍茨波。

《威尼斯商人》是另一部深受人们喜爱，演出颇多的戏剧，它的背景设置在一个欧洲国家，看起来作者或他的朋友对这个国家不算很了解。这部剧涉及浪漫的爱情，但莎士比亚却使选匣与割肉的情节结合，成就了一个更庄重的故事结局。他肯定十分了解那个时期的几部关于犹太人的戏剧，包括克里斯托弗·马洛的《马耳他岛的犹太人》（The Jew of Malta）。选匣情节的推动者是巴萨尼奥，他出身高贵，却很贫穷，只能向富有的鲍西娅寻求帮助。根据鲍西娅父亲的意愿，她必须嫁给在金、银、铅三匣之中选到装有她画像的男人。选择错误意味着姻缘结束。巴萨尼奥的朋友安东尼奥是一个富有的商人，船上的货物是他的财产，他同意通过向夏洛克借钱，为巴萨尼奥的求爱之旅提供资金。如果安东尼奥不能偿还债务，他将割下自己身上的一磅肉。巴萨尼奥的求爱和安东尼奥经营商船的困难，两条情节线交汇于法庭中——这也是世界上最早的关于法庭的喜剧场景。

《李尔王》像《亨利四世》上部一样，都是以英国政治的动荡时期为背景。年迈的国王决定把他的王国分给三个声称最深爱他的女儿。当小女儿科考狄利娅告诉国王，她之所以爱父亲是因为血缘时，国王驱逐了她，并把王国分给了另外两个女儿，贡纳莉和里根。与此同时，另一位父亲葛罗斯特伯爵也犯了同样的错误——他偏爱邪恶的埃德蒙而不是善良的埃德加。当贡纳莉和里根为政治权力及抢夺埃德蒙的爱而战时，王国和父亲都承受着惨痛的后果。

这四部戏剧的开篇都体现了写作课的首要精髓：不要浪费时间。不要费心于开场白，不要拘泥于无关紧要的东西，这只会让你的读者（或观众）陷入悬而未决的局面中。这看似简明易懂，几乎不值一提，但当代小说却喜欢通过对话和秘密来吸引读者（非常模糊，总是充满暗示）。

相比之下，莎士比亚的开场白充满了张力，这种张力不仅源于有趣的语言，还源于显而易见的冲突。赫米娅的父亲想让她嫁给狄米特律斯，而赫米娅想嫁给拉山德；亨利四世面临叛乱的局面，但儿子却忙于与福斯塔夫玩乐，无法为他提供帮助；贫穷的巴萨尼奥，冒着选错匣子的风险，仍然坚持追求鲍西娅；李尔王想按照女儿们的言辞来划分他的王国，而考狄利娅却拒绝玩这种把戏。

现在再读这些经典作品，这些戏剧性的开场仍然如此瞩目。莎士比亚不使用倒叙的手法，他的人物大多更倾向于高谈阔论的表达而不是进行私密的回忆。富有趣味和戏剧性的开篇，推动我们进入未来，而不是回到过去。这位伟大的剧作家会对哈罗德·品特（Harold Pinter）的剧作《背叛》（*Betrayal*）做何感想呢？在《背叛》这部戏剧中，从开场的那一幕起，我们就在随着时间稳步倒退。查尔斯·巴克斯特（Charles Baxter）的小说《第一光》（*First Light*），也使用了同样的倒叙手法。我并不反对这些策略，引人注目的事件发生在这种回溯的前或后——证明或许目前发生的事的价值被低估了。

从这些开篇中，我们可以学到关于合理性的一课。诗人柯勒律治（Coleridge）抱怨过，在《李尔王》的开篇，国王将他的王国分给贡纳莉和里根，驱逐考狄利娅和他忠实的仆人肯特，这是极不可能的。有人可能会说，安东尼奥和夏洛克之间非常奇特的商业安排同样不合理。我们中有多少人会因为借钱而同意割一磅肉？为什么要找一个经常轻视和贬低别人的放债人呢？

而在《仲夏夜之梦》中，似乎有两件不太可能发生的事。第一件事是，海伦娜听到赫米娅提出私奔的计划时，想到的是将计划泄露给狄米特律斯以赢得他的好感，而不是因竞争对手出局而感到高兴。第二件事则是奥布朗和泰坦尼亚之间的争吵，这场激烈的争吵使整个世界都处于混乱之中：

> 套轭的耕牛白费力气，
>
> 犁地的农夫汗水淌干，
>
> 青玉米还没结穗就已腐烂了。
>
> 水汪汪的田野上羊圈已经空了。

月亮因愤怒而苍白，连季节也改变了。而一切的一切，竟然是因为一个男孩。泰坦尼亚宣称她不会放弃男孩，因为她爱着他死去的母亲。奥布朗没有解释为什么他想要这个男孩，也许仅仅是为了惹怒泰坦尼亚？但一切过于激烈和离谱，让我们不得不质疑其合理性。但仔细研读，泰坦尼亚那篇将近四十行的华丽演说一定会让我们打消这种无益的推测。诗歌征服了一切。

不管莎士比亚的开场戏再怎么令人难以置信，一旦他确立了创作世界的规则，他就能创造一个与现实截然不同的世界。尽管我们可能会对过多的信件、风暴和复活吹毛求疵，但我们也欣赏他始终信任读者的那份雄心与自信。

人们并不会对艺术的合理性报太高的期待。有些艺术表达虽然说不通，却富有诗意。在卡里尔·丘吉尔（Caryl Churchill）的剧作《九重天》（Cloud 9）中，跨越几个世纪的著名女性坐在一起共进晚餐。在米歇尔·法柏（Michael Faber）的小说《肌肤之侵》（Under the Skin）中，我们与主人公伊瑟利感同身受，读到后面后才意识到她是个外星人。《李尔王》中考狄利娅忠诚的丈夫竟然没有陪她去英国，帮助她击败自己姐妹的军队，如果人们停下来思考，会发现这是一件非常奇怪的事。但我们之所以没有起疑，一是剧情发展得很快，二是因为我们认识到李尔王和考狄利娅已经在第一幕中分开，现在必须单独见面，毫无障碍地实现和解。

同样，我们也不想质疑为什么《威尼斯商人》中没有法律经验的鲍西娅坚持伪装成律师，去为安东尼奥起诉夏洛克的案子辩护。但从情节动人的角度，为了拯救丈夫的朋友，她必须直面夏洛克，使用匣子测试的招数诱骗对方。

海明威说过，只要作者心中有数，想删什么都没问题，这句话困扰着无数小说家、诗人和剧作家。这种说法以偏概全，无疑是站不住脚的。想象一下达《洛维夫人》中没有参加聚会，或者《了不起的盖茨比》中没有那场撞死汤姆·布坎南情妇的车祸，对我们理解作品有影响吗？当然，这不是海明威的本意，他只是想用夸张的说法提醒我们现实主义创作的技巧和选择的必要性。莎士比亚的作品之所以长盛不衰，一个重要原因无疑是他擅长省略情节。为了使情节适宜，他确实省略了很多——鲍西娅是怎样进入审判法庭的；格洛斯特是怎样死去的（为了不影响李尔王和考狄利娅的重聚，他死在了舞台之下）；通常他还会省略关于旅途的描写，除非它们能起到作用；还有初次见面和求爱的场景他通常也会省略。他还喜欢讲述，而不是展现坏的行为。

　　他常常忽略当代作家所钟爱的心理描写。福特·马多克斯·福特力劝小说家应该先引起读者的兴趣，然后进行解释和心理描写。在引起读者的兴趣方面莎士比亚做得很好，但很显然，他常忽视心理描写。以《威尼斯商人》为蓝本创作的无数后作，都在力图了解安东尼奥的忧郁，以及他没有得到回报的感情——目前，较为流行的说法为安东尼奥是同性恋。当然，观众乐于相信这是一种深厚的纯男性友谊，这种友谊从希腊时期的作品延续到了伊丽莎白时代的爱情故事。而在《李尔王》中，我们无法理解考狄利娅为何如此沉默。

　　当然，莎士比亚写剧本是为了能上演，任何有幸看过同一出戏不同版本的人都知道演员、导演和设计师的不同能带来巨大的差异。莎士比巧妙地省略了一些情节，反而为读者和观众留下了想象的空间。在《小说面面观》中，E. M. 福斯特有一个非常有名的观点：如果你写"国外死了，然后王后也死了"，你就没有情节可写了，但如果你写"国王死了，王后死于悲伤",就有后续情节可写。我认为,现在的读者很擅长发现"原因",当两个事件共同发生时,我们总能在某些程度上将它们联系起来。一个作家可能会试图挑战读者的本能——坚称女主人公关于黑狗的梦没有意义,但读者们总会创造意义和动机。

以莎士比亚的作品为例,即使莎士比亚说得很清楚,他表达的内容也常常被删减或被复杂化。在《李尔王》中,埃德蒙认为李尔王的行为全都归因于他的非婚生子,但实际上,李尔王女儿的行为同样恶劣。莎士比亚不想让我们简单地去定义人物。在《威尼斯商人》的开篇,安东尼奥尼说:"真的,我不知道我为什么这样闷闷不乐。"

其他的说明性文字也从一开始就无法令人信服。当哈尔王子说,他虽然像浪子一样和福斯塔夫混迹在一起,但回到皇宫才感觉更春风得意时,我认为读者们应该都会对此持怀疑态度。(尽管现在一些英国皇室成员似乎把这番讲话记在了心上。)

我不反对这种说明性的文字。如果我们不知道吉米·克罗斯中尉的致命疏忽是他无望、浪漫白日梦的结果,那么蒂姆·奥布莱恩的故事《士兵的重负》就不会那么感人了。但我认为,莎士比亚给了我们一个非常有用的提示,那就是需要把握说明性文字的限度。他笔下的人物总是在行动,这些行动和说明性的文字一样有力量。弗兰纳里·奥康纳的故事

《好乡人》以一个宣传《圣经》的人偷了一个年轻女人的木腿结尾，奥康纳声称，在下笔之前，她并不知道怎么写。而读者们能认识到，这次盗窃的存在是多么微妙且必要。

也许省略说明性的文字对莎士比亚来说更自然，因为他已经知道自己大多数戏剧的剧情，并在其他剧作家的作品或霍林斯赫德（Holinshed）的《编年史》（*Chronicles*）中读过这些历史细节。莎士比亚的创作中有非常多巧妙的引用，而他的作品也被后来者无数次引用。小说家艾瑞斯·梅铎（Iris Murdoch）曾表示，自己笔下的所有情节都取自莎士比亚。现在，让我来谈一谈莎士比亚创作中的三个基本方面：

1. 他从不隐瞒自己借用了他人的作品。1605 年上演过一部名为《莱尔国王》（*King Leir*）的戏剧，莎士比亚的《李尔王》借用了这部作品的灵感，剧中大部分素材都来自霍林希德的著作。

2. 他经常综合多种素材，《李尔王》和《威尼斯商人》均为典范。

3. 他喜欢改写素材：在选匣阴谋的原始版本中，选匣的女人是一个寡妇。

使用为人熟知的历史事实，或采用其他作品的情节，改变悬念的性质。莎士比亚的大多数观众肯定都知道，哈尔王子终将清醒，带领英国走向胜利；当然，观众们也可以推测出，安东尼奥不会死在夏洛克的刀下。

　　我们常常说，当我们不知道事件的结果，但渴望知道结果时，我们就处于悬念之中。但是，当我们或多或少知道将要发生什么，并强烈地渴望阻止它时，同样也会产生另一种悬念，这种悬念同样令人抓狂。在读了很多关于李尔王的书后，我仍然希望贡纳莉和里根能从他们可怕的行为中清醒。

　　有时，事件的结果和形式同样重要。尽管《仲夏夜之梦》以赫米娅父亲威胁她如果她不嫁给狄米特律斯，父亲就要杀了她为开篇，我们仍然知道这是一部喜剧，一个糟糕的行为不是致命的，爱最终会战胜全世界。在我写《罪犯》这部小说（一个银行家在公共汽车站发现婴儿的故事）时，我从一开始就知道，我想让所罗门审判在故事的高潮重演，让两个母亲为这个婴儿而争斗。在小说的初稿中，婴儿被摔在地上失去了生命。几位读者提出，在前文中我还没有为这样可怕的事实做好铺垫。修改后，我使婴儿活了过来，她现在只是备受手腕骨折的折磨。

　　从莎士比亚身上还可以学到：次要情节是非常必要且令人愉悦的。要讲一个故事，我们常常需要另一个故事。如果国王和他女儿们的行为没有映射在葛罗斯特和他儿子们身上的话，李尔王将成为自己的影子。在《威尼斯商人》中，夏洛克对安东尼奥的仇恨以及巴萨尼奥对鲍西娅的追求这两组情节是平行存在的，分别向前推进，直到它们汇合。第三组情节，夏洛克唯一的女儿私奔，在这两组情节中都起到了重要的作用。莎士比亚一遍遍地证明，一个成功的次要情节本身就引人入胜，与主要情节能产生共鸣，并在适当的时候与主要情节相交织。

好的次要情节，能从主要情节内部和外部促进情节发展。比如洛伦佐和杰西卡（杰西卡是我在 9 岁时最喜欢扮演的角色）让鲍西娅和女仆尼莉莎从法庭回到贝尔蒙特的那一幕。

莎士比亚这种策划情节的天赋与他的另一个伟大的天赋相辅相成：我称之为"社会性塑造"。在他那个时代，戏剧非常繁荣，演员阵容不是限制因素。莎士比亚的大部分剧目都需要 20 多个演员，其中至少会有 8 个重要角色。同时把这么多人物都呈现得栩栩如生，设计师和演员在表演上都起到了非常重要的作用：洛伦佐穿的是蓝色束腰的外衣，里根有一顶乱糟糟的头发。但莎士比亚也充分地描写、展示了二人的社会地位，甚至外来人夏洛克、埃德蒙也有自己的社会属性。很多时候，小说作者会无意识地让人物变得脱离社会，这是不现实的。但正如鲍西娅所说："在我看来，对人物的尊重是首位的。"的确，人物只有在社会中与他人产生联系和对比，才会变得生动起来。

莎士比亚笔下的这种人物的社会属性，也使我们立即知道某个人物是主角还是配角。在《仲夏夜之梦》的第二场景中，六个粗鲁的手艺工人进入眼帘——彼得·昆斯、尼

克·波顿、弗朗西斯·弗洛特、汤姆·斯努特、斯纳格和罗
宾·斯塔维尔——从他们被介绍的方式，我们会马上关注到
波顿，他兴致勃勃地想要扮演每一个角色，而他滑稽的语气
表明他是配角。而这六个手艺工人也作为群像进入观众的视
野。我们被邀请去欣赏他们背后的乐章，而不必操心他们的
心理活动。

　　在《李尔王》中，埃德蒙作为主角被明确地介绍给了观
众。在第一幕第二场，他亲自站在台上，用大段独白向我们
讲话：

　　　　大自然，你是我的女神；我愿臣服于你的规则。
　　为什么我要受世俗的排挤，让世人的歧视剥夺我应
　　享的权利，只因为我比一个哥哥迟生了一年或十四
　　个月？
　　　　为什么他们要叫我私生子？为什么我比人家卑贱？

　　这段演说的高潮是他响亮的宣言："神啊，帮助私生子
吧！"我们从不会质疑艾德蒙在推进情节和主题中扮演的重
要性，但我们从一开始就知道了他的社会地位。他的性格进
一步被这种社会地位所强化，相比邪恶的姐妹贡纳莉和里
根，他是善良的，但与他善良的兄弟埃德加相比，他又显得
邪恶。埃德蒙和埃德加互相陪衬，把对方的性格衬托得更加

鲜明。

现在，我不得不谈到我们可以从莎士比亚身上学到的最显而易见，又最难以学到的：通过华丽、优美、严谨、活泼、狂热、生动、充满创造性的语言完成创作。在那些经典、关键的时刻，莎士比亚的文字飞翔般遨游于书页。我之前引用过的泰坦尼亚的四十行演讲，虽然可以用一句话概括——自然界因她和奥伯伦变得纷乱，但在如此具有画面感，如此令人愉悦的时刻，谁希望用短短一行来概括呢？

在《亨利四世》上部，霍茨波和他的盟友叛军准备与国王一战——仍有时间回头——理查德·弗农爵士传来消息称，国王的盟友威斯特·摩兰伯爵正带着近 7000 人逼近。"不要紧。"霍茨波说。"国王已经亲自出马。"弗农补充道。霍茨波说："我们也欢迎他来。"接着，霍茨波询问了那位狂野不羁的威尔士亲王的消息，而之前对诗歌一点都不感兴趣的弗农回答道：

> 一个个身披盔甲，全副武装；
>
> 像一群展翅前羽翼丰满的鸟，像一群沐浴后的猎鹰；
>
> 他们的战袍上金光闪闪，就像一幅幅画像；
>
> 他们像五月的天一般精神抖擞，像仲夏的太阳一般意态轩昂；
>
> 像小山羊般放浪，像小公牛般狂荡。

> 我看见年轻的哈利，他头套海狸帽，他的腿甲遮
> 住他的两股，全身披戴着壮丽的戎装，有如插翼的麦
> 鸠利从地上升起，悠然地跃登马背，仿佛一个从云中
> 下降的天使，驯服一头倔强的天马，用他超人的骑术
> 眩惑世人的眼目。

"别再说下去了，别再说下去了！"霍茨波喊道。

在那一刻，剧院里的每一个人，观众和演员，都知道霍茨波的起兵注定要失败。他和哈里是敌人，他们必将相遇，其中一人必须死去。语言的韵律，华丽的夸饰，正暗示着这一点。

知道了结局只会加深我对二人相见场景的恐惧和期待，我看着他们在战斗中前进，直到最后手握长剑指向对方。

许多年轻的作家都被那种不切实际的所谓的"紫色散文"所吸引，但这种富丽堂皇的写作手法很容易惨遭失败，遭到取笑。几乎我所有早期的作品都遭到过拒绝，拒绝信通常以这样冰冷的词句开头："语言很华美，但是……"可悲的是，对这种批评，大多数人采取的策略不是继续使用更丰富，更具体的语言和更有层次的隐喻，而是退回一种朴素的风格。对于小说作家来说，没有必要写太多具有功能性的句子，而放弃精彩瑰丽的语言。画家不在乎画是不太可能的，但许多作家（包括我，除了诗人）似乎对文字本身并没

有那么感兴趣。他们相信作品的价值在于人物塑造、情节和主题。但莎士比亚的作品之所以不朽，很大程度上就是因为语言。

他建立了一个令人"生畏"的标准，当然，或许因为我引用的都是韵文。对于不常用抑扬格五音步写作的现代人来说，莎士比亚的韵文成就使人望尘莫及。所以，为了公平起见，我想谈谈他的散文，事实上，莎士比亚的散文有时有非常惊人的现代性。这是约翰·福斯塔夫爵士在战场上沉思：

> 好，那没关系，是荣誉鼓励我上前的。是的，可是假如当我上前的时候我受伤了怎么办？那又能怎样呢？荣誉能够替我重装一条腿吗？不能。重装一条手臂吗？不。可以消除一个伤口的痛楚吗？不能。那么荣誉一点都不懂得外科手术吗？不懂。什么是荣誉？两个字。那两个字又是什么？一阵空气。好聪明的算计！谁获得了荣誉？星期三死去的人。他感受到荣誉了吗？没有。他听见荣誉了吗？没有。那么荣誉是不能感受的吗？是的，对于死人是不能感受的。可是它不会和活着的人生存在一起吗？不会。为什么？讥笑和毁谤不会容许它的存在。这样说来，我不要什么荣誉。荣誉不过是一块铭旌，我的自言自语也到此为止。

　　我在想，贝克特（Beckett）在写《等待戈多》（*Waiting for Godot*）时，是否想到了莎士比亚笔下这些重复和双关的语言？当然，我并不是说我们都应该写出莎士比亚式的散文。如果莎士比亚现在还在写作，肯定会继续创造语言的可能性。我想他会欣赏各种声音：说唱歌手的声音，政治家的声音，喜剧演员、掘墓人、牙科医生的声音，托尼·库什纳（Tony Kushner）的抒情、埃琳娜·费兰特（Elena Ferrante）的亲密坦率……作为一个作家，无论你想表达什么，你都应该尝试着放大和丰富你的语言，把新的词汇和新的隐喻放入你的语言，融入你的人物中。

　　要学会倾听，不要气馁。莎士比亚的剧作是一个取之不尽的宝库，我们可以经常参观，从里面偷取宝藏。以下是我从这四部伟大戏剧的宝库中获取的 16 枚金币：

　　1. 戏剧性的开篇。

　　2. 别把好素材藏起来。

　　3. 从描述现在的故事开始。

　　4. 商讨内容的可信度。

　　5. 一旦发明出规则，就要遵守它。

　　6. 如果你的作品被拒绝，不要感到沮丧或惊讶。

　　7. 留心重复的创作方式。

　　8. 适当省略的力量。

9. 不要过度解释。

10. 确保借用的情节、人物或剧情看起来不像剽窃的。

11. 了解故事所依赖的悬念，并以此进行铺垫。

12. 形式和语调支配着内容。

13. 了解主要剧情是否需要一两个次要剧情的支撑。

14. 在社会关系中发展你的人物。

15. 展示你的语言魅力，写出更好的句子。

16. 不管你在创作什么，继续创作押韵、双关语、从句、短语、隐喻、句子、段落、十四行诗、场景、故事、戏剧、诗歌、小说……

莎士比亚可能不擅于解释，但他一定擅于道歉。下面是他最著名的作品之一，也是我 9 岁时在那间镶有黄色地板的私立学校会客厅里学到的：

要是我们的影子冒犯了各位观众，

就请这样想，一切便可得到补偿：

你看到的种种景象，不过是梦中的幻境。

这一段虚妄的情节，

如同梦境一般。

绅士们，请见谅。

如得您的宽恕，我们定当感恩。

如果我们幸免脱责，我精灵帕克从不会骗人——

我们决不忘各位的恩情，

否则我精灵帕克将永远背上骗子的骂名。

祝各位观众晚安。

如果各位赏脸的话，请为我们鼓掌，

我将感激不尽。

第十章

他喜欢蛋挞

畅游在研究的滩涂上

　　海尔加费德山（Helgafell）是"圣山"的意思，但当我们看到这座山，发现它只有 300 米高。顺着长满灯芯草的湖边小路向山的方向前进，数十只天鹅面朝同一个方向，在深蓝的水面上游走。在小路的尽头，我把车停在了篱笆旁。这是一条狭窄的小径，蜿蜒曲折地穿过长草，向高山盘旋。海尔加费德山的面积很大，它还是冰岛萨加传奇中女英雄古德伦（Gudrun）的故乡，人们在这许愿。我慢慢地向上爬，视野不断扩大，偶尔还会被突然出现的羊吓一跳。然后，突然间我来了山顶，站在一片布满碎石的广阔平地上，这里看起来像被一个愤怒的巨人用锤子锤过。风大得仿佛要吹平湖面上的褶皱，乌鸦在风中盘旋。没有人知道我身在何处，我被一种孤独感所震撼。

我朝一间小屋的废墟走去，旅游指南上对它有五花八门的描述，说它与牧羊人、隐士、早期基督教圣徒有关。站在小屋的屋檐下，我拍了几张照片。这里的风景是我迄今为止所看到过的最典型的冰岛风景：苍凉的旷野，光秃秃的熔岩场，活跃的和沉寂的火山。向大海望去，我瞥见了3公里外的斯蒂基斯霍米尔（Stykkishólmur）渔村，那是我的女主角杰玛·哈代的出生地。我想象着杰玛站在这里，在乌鸦的叫声中听到了她已逝的未婚夫的声音。

在年轻的时候，我没有意识到做研究是写小说的一大乐趣。我早期的故事缺乏想象力，缺乏精确的细节。而对年轻的读者来说，"研究"这个词，似乎暗示着尘封的书籍、索引和晦涩的笔记。我宁愿在图书馆的书架上消磨时光，也不愿去实地体验做服务员。写短篇小说，似乎通常只需要瞥一眼内燃机或简单了解达尔马提亚狗的知识，这种简单的研究使我对写短篇小说抱有成见。我常常听到一句老话：写你所知道的。但我渐渐明白一个显而易见的事实：研究可以帮助我了解更多知识。我慢慢开始理解研究是多么具有诱惑力的事。

经过几年的创作，我写了一部以当代爱丁堡为背景的小说《家庭作业》。我对这部小说的研究包括在城市的街道上散步，参观动物园，与朋友聊天。在《家庭作业》出版后，我决定以我死去的父母的生活为素材写两本小说。一本关于我母亲伊娃·芭芭拉·马尔科姆·麦克温，她在我两岁半的时候就去世了，关于她的生活我几乎一无所知，所以大部分内容都是想象的。但我被人们讲述的，她与超自然力量的故事所吸引——病人们抱怨说，在她当护士的医院病房里，家具经常被恶作剧般挪动，她有许多别人看不见的同伴。

另一本关于我父亲约翰·肯尼斯·利夫西的书，构思得更早些。在我 22 岁的时候，我父亲就去世了。因为我出生的时候他已经 50 岁了，他的早年生活对我来说也充满了神秘感。但我读过很多精彩的传记，有人知道萨特在拜访德尔福（Delphi）时穿了什么衣服；有人知道凯瑟琳·曼斯菲尔德在喝茶时对弗吉尼亚·伍尔夫说了什么。我是否也可以这样创作一部小说？

在我决定写关于父亲的小说时，他已经去世了十几年，在他去世前的 10 年里，我们的关系已经疏远了，他对我很失望。"失望"——这是我从他的信中记起的词。我真希望留着那些信，尽管只有三四封，但当时的我只是很快地读完，然后把它们撕碎。我从来没有提起过它们，他也没有。这是英国传统中的一个小小胜利。我熬夜做作业，不顾一切地想离开我们偏僻的农舍，去学习，去旅行。我从没公然违抗父母的命令，但我父亲觉得我和我继母，也就是那个在我母亲去世一年半后他娶的女人，发生过激烈的争执。我想，他很久以前就选择了她而不是我。一个傍晚又一个傍晚，我们三人坐下来吃晚饭时，我总是吃得很快，很少说话。

在那些艰难的岁月里，从我记事起，父亲就患有肺气肿，他抽烟抽得很厉害。他的假牙因尼古丁而发黄，右手的手指也是。他那两套教书时穿的衣服，破旧到了令人难堪的地步。而我似乎年轻且没有同情心，他在心脏病发作前，给我写的最后一封信里，再次描述了对我的失望：我在浪费我的学位，我似乎既不想要婚姻，也不想要事业。当然，我没有回复，几天后我离开了，和朋友们待在一起。而下一次我见到他时，他的遗体躺放在珀斯火葬场的棺材里。

我没觉得写一本关于父亲的小说，就会让我爱上他，但我确实希望能找回生活中那些黯然失色的部分。（而我现在想说，他选择继母是正确的，只有她才能给他一个男人需要的照顾和陪伴。）我的父亲约翰·肯尼斯出生于维多利亚女王去世后的两年，生长在湖区教区的一位牧师家，该教区位于肯德尔以北几英里处，是一个多岩石的小教区。他的母亲给他起了个绰号叫托比。他小时候上过当地的学校，也曾爬山寻找游隼，但在 14 岁时离开了。一位善心的教区居民，为他支付了学费前往英格兰西部的舒兹伯利学校上学。（舒兹伯利学校是伊顿公学中的一所公立学校，它最著名的学生是伊丽莎白时代的诗人和大臣菲利普·西德尼爵士。）我父亲后来去了剑桥大学卡莱尔学院，在那里他获得了学士学位，并热衷于打高尔夫球。毕业后，他在英国当时兴盛的男童私立预科学校任教。

在他 30 出头的时候，他向北行进搬到了苏格兰，在格伦蒙德三一学院度过了自己教学生涯的大部分时间，格伦蒙德三一学院是一所由威廉·格莱斯顿（William Gladstone）于 1847 年创办的学校。出于神秘的原因，他的同事们叫他塞拉斯（Silas）。他的学生称他为豺狼（Jackal），因为他的名字缩写是 J.K.L。

我父亲很少谈论，我也很少问及他早年的生活，但他管理的各个男校都保持着极好的记录。在能上网搜索和写邮件之前，我写信给了舒兹伯利学校、卡莱尔学院和我祖父的教堂，请任何记得我父亲的人与我联系。我收到了许多让人兴奋的回复，在那两年的时间里，我会见了许多年迈的写信人。为了会见他们，我总要花几小时的时间，坐火车从伦敦前往某个小镇。主人为我端上茶。天气和我的旅途就像值得一读的简·奥斯汀的小说一般，成为寒暄的素材。然后我会打开录音机，急切地询问有关我父亲的情况。"既然您认识约翰·肯尼斯·利夫西，那您记得你们是怎么认识的吗？"您对他的第一印象是什么？"我希望能获得更多详细、私密的细节，从而让故事中我的父亲变得更加生动。

"不错，我记得他。"我的拜访者会说。

"你们在一起做过什么？"

"他抽烟，我还记得他给了我一支烟。"

"他是一个叛逆的学生吗？他有女朋友吗？"

"你想尝一下酥饼吗？我女儿自己做的。"

我渐渐了解到，这些热心的老人的确记得我的父亲，他们可以在照片中认出他，但他们对他一无所知。我找到戈弗雷·克拉帕姆（Godfrey Clapham），他曾于 1916 年舒兹伯利学校与我父亲一同上学。那是 20 世纪 80 年代，戈弗雷住在伦敦南部一个绿树成荫的郊区小公寓里。当他开门的时候，我被他那张美丽的长脸和虚弱的身体惊到。他的西装似乎已经不合身了。我们握了握手，尽管是夏天，他的手还是很冷，他把我领进了一个小客厅，然后为我沏茶。我拿着笔记本和录音机坐下。这个人和我父亲一起住了两年。

戈弗雷端着一个盘子回来，茶杯嘎嘎作响。难怪他的回信里笔迹不稳。他让我自己倒茶，然后便开始谈论他家屋檐下的燕子，以及当地的火车服务。

"所以您和我父亲共用了一个书房？"我问。

"是的。我找了一些照片给你看。"他拿出两张大大的黑白照片，一排穿着深色制服的男孩背对着一栋黑色的建筑物。"这是我。"他说，指着一个胖乎乎的、难看的男孩。

"我父亲在里面吗？"

经过一番搜寻，戈弗雷指了指一个站在第一排队伍尽头的漂亮的金发男孩，他直勾勾地、不苟言笑地盯着镜头。

"那他是什么样的人？"我问。"他读书用功吗？他平时运动吗？你们晚上会熬夜聊天吗？他相信上帝吗？你们谈论过战争吗？谈论过长大后会去打仗吗？"

中间停顿了很长时间。然后戈弗雷说了一句关于我父亲的话："他喜欢蛋挞。"

他描述了战争期间学校的食物有多么糟糕，我把这句话记了下来。和我的大多数受访者一样，戈弗雷接着谈到了他真正感兴趣的东西：他自己，他的记忆，他的生活。而我就像在面对其他老人时一样，问问题，做笔记。如果我不能更全面地了解我的父亲，我至少可以认识他的同龄人——他们那一代人在1914年"第一次世界大战"开始时还很年轻，却承受着上天的祝福和重任，到了1939年"第二次世界大战"开始时，年纪却有些大了。

这时，我对第一次世界大战有了更多了解。为了更好地了解我的受访者，我在帝国战争博物馆的图书馆和其他地方读过很多书。那时派特·巴克（Pat Barker）还没有出版《重生三部曲》，塞巴斯钦·佛克斯（Sebastian Faulks）的《鸟之歌》（*Birdsong*）和迈克尔·莫波格（Michael Morpurgo）的《战马》（*War Horse*）也没有出版，但仍有许多非虚构作品描写过"一战"的野蛮、荒芜和悲伤的英雄主义。我读了约翰·基根（John Keegan）的《战斗的面孔》（*The Face of Battle*）和马丁·米德尔布鲁克（Martin Middlebrook）的《索姆河的第一天》（*The First Day on the Somme*）。"他喜欢蛋挞。"围绕这点写一部小说并不难，但在我几十次采访中，这是我对父亲了解最多的一次。我想写的那本小说，湮没在几百页采访笔记里。其他的都是关于士兵训练的方式，指挥系统的运作方式，茶水和面包如何定量供应，如果伤员幸运或者不幸的话会发生什么事情。我对第一次世界大战有了很多了解，我很想和八旬的老人对话，但我不能把20世纪头30年生活中所有精彩细节全部变成现实。我父亲仍然神秘莫测，我的故事仍然很模糊，人物的心路历程仍然很粗略。

　　而关于我母亲的小说，我也经历了一次冒险般的探索。灵感始于1987年10月一个雾蒙蒙的早晨，当时我的养父罗杰正开车送我去皮特洛奇里火车站。"我曾和你说过吗？"罗杰说，"我经历过的最深刻的超自然现象，都与你母亲有关。"

　　"没有说过，"我说道，"你和我说说吧。"

　　罗杰和我父亲一样，曾在格兰诺蒙德的三一学院任教。他向我描述了他给我母亲伊娃打电话的事。1950年，作为学校的护士，我母亲是少数几个有电话的人。当他在打电话时，一个穿雨衣留着棕色头发的女人走进房间，向他点头，穿过房间，从另一扇门走了。几分钟后，罗杰打来电话问我母亲，那人是否是她的朋友。他描述了那女人走进房间的事，伊娃告诉他让他试一下打开那扇她打开的门。"你知道吗？罗杰兴奋地说道，"这扇门被钉死了。"他为了躲避路上的一只野鸡，突然打了方向盘。

在火车上，我在笔记本上写下了这个故事，我决心写一本小说，关于一个女人身边有一个非凡同伴的故事。这本小说的名字将会是《伊娃搬家具》。我认为，我在创作有关母亲的小说时遇到的困难与创作有关父亲的小说时遇到的困难恰恰相反。在写关于我父亲的小说时，我觉得我可以把研究变成小说。而关于我早已逝去的母亲，这个故事主题真的是太有趣了！鬼魂！——这是一个不用进行研究或编排的主题。

当然，我也希望能了解更多伊娃的信息，但实际我无法获取更多有关她的信息，我寄出的信没有任何回应，或者被退了回来。我也没有去图书馆，在第二次世界大战时，她大部分时候都在伦敦医院里工作。我下定决心不再了解有关战争的信息和做更多研究。因为它们对我的写作没有帮助。

一天晚上，在去波士顿爱默生学院上课的路上，我看到人群围站在公共汽车站旁，很多人手里举着一张婴儿的海报。思虑再三，我决定写有人在公共汽车站发现了一个婴儿的故事。那个人应该像我一样吗？不，我想了一会儿，应该是和我截然不同的人。在我上课前，我构思了"银行家、婴儿、汽车站"的创意，几周后，我和朋友安德里亚·巴雷特（Andrea Barrett）在麦克道威尔文艺营地租了一间公寓。当她创作出精彩的小说集《船热》（*Ship Fever*）时，我写了一篇小说，并大胆地给它命名为《罪犯》。为了避免再犯我在最新版本《伊娃搬家具》中犯下的错误，我决定把这部小说限定在一个很短的时间内，创作出充满活力的情节。然后我列出了自己需要进一步了解的事情：

> 内幕交易
>
> 成为苏格兰一个小镇上的新移民
>
> 靠救济金生活
>
> 赌博商店
>
> 精神病

在三周后我离开了文艺营地，当时在安德里亚的帮助下，我完成了大部分初稿。我愉快地投入到必要的研究工作中，不再担心自己不知所措或心烦意乱。我吸取了教训。相反，我尽我所能写了这本小说，然后我去寻找我需要知道的东西。《罪犯》找到了它的代理和编辑。

在长达18个月等待出版的漫长过程中，我又回到了《伊娃搬家具》身边。关于如何使这部小说成功，我有了不一样的想法。灵感虽然是一种陷阱和错觉，但在6个月后的那一刻我得到了它。尽管形式稍有不同，《伊娃搬家具》仍然有让代理和编辑拒绝的所有问题。我转而写另一部小说，写的是一个女人失去了3年间的记忆，陷入了前男友的阴谋诡计之中。

在创作《失踪的世界》一书时，我很快发现，我不能简单地罗列一份清单，然后去调查和写作。

即使只是要为一些场景拟草稿，我也需要了解事实和别人的观点。但是，尽管神经科教科书和奥利弗·萨克斯（Oliver Sacks）的病历吸引着我，但我还是尝试改变我的4个主要人物以及他们的关系。故事中女主的坏男友成了养蜂人，为此我与许多伦敦的养蜂人进行了交谈。另一个角色是盖屋顶的工人。我了解了渗水板的细微差别及人造板岩的优点。与创作父亲和母亲的故事不同，在写《失踪的世界》时，我有了一个目的地。我不了解旅程的每一个阶段，但我知道我自己要去哪里，任何让我走得太远的东西都可能是错误的。我一有足够的知识储备，就立刻下笔草拟故事，然后我会做所有有必要的研究来填补空缺。

在《失踪的世界》出版后不久，我认为自己已经有了修补《伊娃搬家具》的思路。

我已经放弃了出版这本小说的希望，但我仍然很想把它创作得令自己满意，然后把我书房里乱七八糟的草稿回收利用。我在伦敦查令十字路走着，突然在一家二手书店门口停了下来。我可能还浏览过其他几本书，但我记得自己拿起了一本深红色书皮装订的书，书名是《来自战火中的面孔》（*Faces from the Fire*）。

我打开这本书，发现这是一本有关传奇整形外科医生阿奇·麦金多（Archie McIndoe）爵士的书，记录了 20 世纪 40 年代他在伦敦郊外经营的一家烧伤治疗中心的事迹；他治疗了许多在英国战役中受伤的飞行员。我花了一英镑买了这本书，在回家的路上阅读。我了解到，第二次世界大战是英国置换外科的摇篮，而麦金多是利用新技术治疗闪电战可怕创伤的先驱者。虽然他为一些年轻病人做了 15、20 次手术，那些年轻人仍然无法恢复原貌，但他们可以去酒吧，人们也不会因为看到他们而吓晕，他和他的病人们认为这就是一种胜利。当我读到他的生动描述时，我觉得自己找到了一个完美的比喻，形容我想象中的母亲与她超自然的同伴之间复杂的关系。

《来自战火中的面孔》帮助我了解了一些有关伊娃的事情，这些事情显而易见。就像 1920 年出生于苏格兰的每个孩子一样，她长大后都需要面对第二次世界大战。在 1940 年或 1941 年，她成了一名护士，随后几年在伦敦一家医院工作。我匆匆忙忙地回到了帝国战争博物馆，回到了那座美妙的图书馆。我想把故事背景设置在苏格兰，我很开心地发现格拉斯哥也经历过战火。

我读了对麦金多病人的采访，读了战时医院护士的自传，读了伦敦和其他犹太社区的记述。对大多数人而言，英国那时正与希特勒作战，而不是与反犹太主义作战。现在，我知道如何去做研究，如何寻找到那些我所需要的工具和素材，完成写给母亲的爱之歌。当第 8 版最终于 2001 年 9 月 11 日出版时，标题中的 5 个字是原稿中唯一幸存下来的部分。

现在我觉得，如果我不创作小说，我依然会假装创作小说，以证明我称之为"研究"的这种对世界奇怪且随意的探索方法是正确的。否则，我又能找到什么合理的借口前往冰岛和奥克尼群岛？去和屋顶修理工和神经科医生聊天？去研究养蜂和阿斯伯格综合征呢？当然，在计算机和互联网时代探索变得更容易，但是没有什么方法可以替代这种生活中的邂逅。这种邂逅就像一个女人试图告诉你她即将失去记忆时脸上表情的变化。

随着了解我与研究之间不断演变的关系，我再次思考倾注在父亲故事上的时间和精力为何失败。他是一个帅气、迷人、机智的年轻人，他的生活因两场战争而受到了制约，他的健康状况不佳，既没有钱，又没有野心，还有一个专横的母亲。

但这些是我对他人生的想象，而不是他自己的人生，这就是我失败的原因。现在我想知道，在谷歌搜索的帮助下，我是否可以把这些素材创造成一部小说。我第一次在搜索引擎中输入他的名字：约翰·肯尼斯·利夫西。第一个条目映入眼帘，这是我在英国犯人处决网站上找到的：

约翰·肯尼斯·利夫西

年龄：23

性别：男性

罪行：谋杀

处决日期：1952 年 12 月 17 日

执行地点：旺兹沃思区

方法：绞刑

裁决人：阿尔伯特·皮埃尔珀恩特

　　突然一个灵感袭上心头。有一个与我的父亲，我深深敬爱的父亲同名的人，涉及一桩谋杀。这样的丑闻，听起来比"他喜欢蛋挞"更令人兴奋。也许这个名字不仅仅是巧合。我父亲是独生子，但他父亲可能有一个哥哥：我可以试试查明。谁被谋杀了，为什么被谋杀？那个拥有优雅名字的刽子手有什么值得我挖掘的？他是如何选择自己的职业的？他有第二份工作吗？

　　也许 5 分钟，也许 10 分钟，我兴奋地记下了笔记。之后，一只冠蓝鸦停在我窗外的树枝上叽叽喳喳，外面不知哪里的老式电话响了起来。我想起了当时我正在写一本新的小说，和我父亲无关，也和那起 50 年代的谋杀无关。我做了非常彻底的调查。我保留着那些笔记。

致　谢

　　这本书的完成归功于我的同事、学生、读者和朋友们。还有爱默生学院（Emerson College）、爱荷华作家工作坊、沃伦·威尔逊学院（Warren Wilson College）的 MFA 项目、面包作家会议（The Bread Loaf Writers' Conference）和西瓦尼作家会议（Sewanee Writers' Conference）。我感谢这些一流的机构，感谢机构的管理者，是他们给了我机会和空间，让我去探索阅读和写作。我也很感谢拉德克利夫高级研究所（Radcliffe Institute for Advanced Study）的奖学金，是它给了我探索经典的机会。

　　本书中的文章初稿最初出现在各种文学杂志和选集中。感谢《哈佛评论》（*Harvard Review*）、《辛辛那提评论》（*Cincinnati Review*）、《三季刊》（*Triquarterly Magazine*）、《作家纪事》（*Writer's Chronicle*）、《好奇猫》（*Curiosity's Cat*）、《举世公认的真理：关于简·奥斯汀散文集》（*A Truth Universally Acknowledged: Essays on Jane Austen*）、《第十一稿》（*The Eleventh Draft*）、《作家笔记》（*The Writer's Notebook*）、《最好的写作》（*The Best Writing on Writing*）以及《让魔鬼屈膝》（*Bringing The Devil to His Knees*）。

　　我非常感谢已故的凯瑟琳·明顿（Katherine Minton）的

启发，是她邀请我参加"交响乐空间"（Symphony Space）的塔利亚读书俱乐部，感谢詹妮弗·伊根（Jennifer Egan）和西丽·赫斯特维特（Siri Hustvett）与我进行的精彩讨论。

没有托尼·佩雷斯（Tony Perez），就没有这本书。我感谢他给了这本书一个家，并一次又一次地帮助我塑造想法。感谢梅格·斯托雷（Meg Storey）、雅各布·瓦拉（Jakob Vala）、萨布丽娜·怀斯（Sabrina Wise）、南茜·麦克罗斯基（Nanci McCloskey）还有 Tin House 图书的所有人，感谢他们的慷慨、敏锐、耐心，感谢他们的天才使编辑和出版工作变得有趣。

感谢格里·伯格斯坦（Gerry Bergstein）启发了关于敬意的讨论。

感谢阿曼达·厄本（Amanda Urban）和阿米莉亚·阿特拉斯（Amelia Atlas）对我工作的关照。

是梅里尔·西尔维斯特（Merril Sylvester）引导我阅读《坏女孩珀西》。是罗杰·西尔维斯特（Roger Sylvester）引导我阅读莎士比亚。是安德里亚·巴雷特（Andrea Barrett）帮助我思考创作与阅读之间的联系。

对我来说，阅读和友谊如此幸福地交织在一起。我很幸运能与苏珊·布里森（Susan Brison）、埃里克·加尼克（Eric Garnick）、凯瑟琳·希尔（Kathleen Hill）和其他几位热心读者分享我的生活和我的藏书。谢谢你们。

版权声明

Excerpt from *A Passage to India* by E.M. Forster. Copyright © 1924 by Houghton Mifflin Harcourt Publishing Company, renewed 1952 by E.M. Forster. Used by permission of Houghton Mifflin Harcourt Publishing Company. All rights reserved.

"Helping" from *Bear and His Daughter: Stories by Robert Stone*. Copyright © 1997 by Robert Stone. Used by permission of Houghton Mifflin Harcourt Publishing Company. All rights. Reserved.

Excerpt from *The Bluest Eye* by Toni Morrison. Copyright © 1970 by Toni Morrison. Used by permission of Penguin/ Random House. All rights Reserved.

Madame Récamier, René Magritte © 2017 C. Herscovici / Artists Rights Society (ARS), New York Study after Velázquez's Portrait of Pope Innocent X, Francis Bacon © The Estate of Francis Bacon. All rights reserved. / DACS, London / ARS, NY 2017

Study after Velázquez's Portrait of Pope Innocent X, Francis Bacon © The Estate of Francis Bacon. All rights reserved. / DACS, London / ARS, NY 2017

图书在版编目（CIP）数据

小说运转的秘密 / (英) 玛戈特·利夫西著；李岱
维译. –– 北京：九州出版社，2021.12

ISBN 978-7-5225-0616-6

Ⅰ.①小… Ⅱ.①玛… ②李… Ⅲ.①小说创作—创
作方法 Ⅳ.①I054

中国版本图书馆CIP数据核字(2021)第222230号

THE HIDDEN MACHINERY : Essays on Writing

Copyright © 2017 Margot Livesey

Published by arrangement with Tin House Books.

All rights reserved.

著作权合同登记号：图字：01-2021-6358

小说运转的秘密

作　　者	〔英〕玛戈特·利夫西 著　李岱维 译
责任编辑	王　佶　周　春
出版发行	九州出版社
地　　址	北京市西城区阜外大街甲35号（100037）
发行电话	（010）68992190/3/5/6
网　　址	www.jiuzhoupress.com
印　　刷	天津中印联印务有限公司
开　　本	889 毫米 × 1194 毫米　　32 开
印　　张	7.5
字　　数	138 千字
版　　次	2021 年 12 月第 1 版
印　　次	2022 年 2 月第 1 次印刷
书　　号	ISBN 978-7-5225-0616-6
定　　价	39.80 元

★ 版权所有 侵权必究 ★